법정스님의 발자취가 남겨진

한국의 아름다운 산사 답사기

글·사진 박성찬 최애정 이성준

가림출판사

우리 곁에서 새소리가 사라져버린다면 우리들의 삶은 얼마나 팍팍하고 메마를까요?

새들이 떠나간 숲은 적막하다고 법정스님은 말씀하셨거늘 하물며 스님이 안 계신 길상사는 적막하기 그지없었습니다.

불자가 아닌데도 가깝기도 하지만 마음이 무거울 땐 가끔씩 찾곤 하는 성북동 길상사. 길상사 올라가는 내내 마음이 무겁습니다. 생각들을 잊으려 절을 찾았지만 오히려 생각들은 많아지고...

욕심!!

따지고 보면 법정스님의 말씀처럼 무소유란 자신이 필요한 만큼만 가지는 것이건만, 그렇게 살아간다는 게 쉬운 일만은 아닐 듯합니다.

다음날엔 다시 일상 속으로 빠져 들어 자연스럽게 잊게 되지만 그래도 이렇게 절을 찾은 날엔 내 마음에 잔잔한 평온을 되찾아줍니다.

차분한 마음으로 천천히 걸어 나오는 일주문.

일주문 옆 하얀 목련이 탐스럽습니다.

이내 마음 한 편에 뭉게뭉게 피어오르는 그 무엇.

그리움일 겁니다. 그냥 아련한 그리움인 것을.

벌써 속세로 돌아온 것일까요?

주말마다 떠나는 여행. 스님이 입적하신 후 스님께서 자취를 남기셨던 몇 개의 절을 다녀왔습니다. 세상을 살면서 내 소유가 어디 있을까마는 절을 사진에 담고 느낌들을 하나 둘씩 적어 봤습니다.

새로 바른 창에 맑은 햇살이 비치면 맘이 넉넉해지고 행복을 느끼게 된다고 하시던 스님.

이 책에 담긴 글과 사진이 행여 아름답고 맑게 살다 떠나신 스님의 방을 들여다보려 문구멍을 살짝 뚫어 놓은 것은 아닐까 많은 걱정이 됩니다.

지난 두 달 동안 함께 생각하고 글을 쓴 최애정님과 이성준 선배에게 진심으로 감사드리며, 짧은 기간이나마 스님의 흔적을 찾아 그리워할 수 있어 행복했습니다.

대표 저자 박 성 찬

차 례

미래사

한려수도의 수려한 풍광 속에  먹물 옷을 입다

　　　　　　　스님은 출가할 때 심정이 최인훈 소설 『광장』의 이명준과 비슷하다고 했다. 남도 북도 아닌 중립국을 선택했지만 결국 그 중립에서조차 바다로 뛰어내린 그런 심정이.
　　그러나 스님은 출가를 결심하게 되면서 그동안 가졌던 온갖 시름에서 벗어날 수 있었다.

　　경남 통영의 미래사로 향했다.

　　경남 통영은 찾을 때마다 반하게 된다.

　　정말 아름다운 바다.

　　시인 이은상은 『한산섬 앞바다』라는 시에서

　　"결결이 일어나는 파도

　　파도 소리만 들리는 여기

　　귀로 듣다못해 앞가슴 열어젖히고

　　부딪혀 보는 한산섬 바다"라고 말했다.

　　법정스님이 김영한이라는 분의 시주를 받아 길상사를 지었고, 그 길상사에 기부하게 된 모티브가 되었던 천재시인 백석도 『통영』이라는 시에서

"바람 맛도 짭짤한 물맛도 짭짤한

전복에 해삼에 도미 가재미의 생선이 좋고

파래에 아개미에 호루기의 젓갈이 좋고

새벽녘의 거리엔 쾅쾅 북이 울고

밤새껏 바다에선 뿡뿡 배가 울고

자다가도 일어나 바다로 가고 싶은 곳"

이라며 통영의 활기찬 삶을 노래했다.

통영의 바다는 시가 되고, 음악이 되고 그리고 한 폭의 그림이 된다.

그래서 그럴까?

경남 통영은 예술가를 가장 많이 배출한 도시이기도 하다.

가장 최근까지 우리와 삶을 같이한 소설가 박경리를 비롯하여 극작가 유치진과 그의 동생이며 시인인 청마 유치환이 있다.

또 『꽃』의 시인 김춘수와 시조시인 김상옥, 작곡가 윤이상과 화가 전혁림 등도 이곳 출신이다.

언젠가 하루쯤 따로 시간을 내어 통영 출신 예술인들의 흔적을 따라가 보는 여행도 해 보고 싶다는 생각이 문득 든다.

충무교를 건너 미륵섬으로 간다.

탄성이 절로 난다. 이렇게 아름다울 수가 없다.

도로마저 마치 파도를 닮은 듯 적당히 꾸불꾸불하며, 그리고 오르락내리락한다.

천천히 차를 몰고 가면서 몇 번을 서게 된다.

고갯마루에 서면 섬들이 보이고, 다시 길을 내려서면 볕 좋은 양지 녘에 자그마한 포구가 앉아있다.

고깃배 위에서 졸면서 오후를 즐기는 갈매기들.

그곳이 미륵도였다.

미륵이란 56억 7000만 년 후에 비로소 이 땅에 내려와 석가모니불이 미처 구제하지 못한 중생들을 구원하기 위해 온다는 미래의 부처를 말하고 있는 게 아니던가.

미륵도란 바로 그 미륵을 기다리고 있는 섬일 것이다.

아니, 그 미륵이 이 섬에 온다고 해서 미륵도인가.

미륵도는 통영에 속한 자그마한 섬이지만 이젠 다리가 놓여 있어 쉽게 오고 갈 수 있는 통영에서 가장 큰 섬이다.

그 미륵도 한가운데에 미륵산이 우뚝 솟아있다.

해발이 불과 461m로 그리 높지 않은 산이지만 미륵산은 통영의 명산이다.

얼마를 갔을까?

길가 오른쪽에 미래사를 알리는 표지판이 우뚝 서 있다.

천천히 이정표를 따라 올라간다.

겨우 차 한 대 조심스럽게 올라갈 수 있는 경사가 심한 숲길이다.

천천히 이정표를 따라 올라간다.
겨우 차 한 대 조심스럽게 올라갈 수 있는
경사가 심한 숲길

그 좁은 산길을 올라가면서 중간에 차 멈추기를 여러 번.

차창을 열고 내려다 본 한려수도의 아름다움은 그저 넋을 잃게 만든다.

아마 관광엽서의 한려수도 풍경은 십중팔구 이곳 미륵산에서 찍은 것이라 여겨질만큼 이렇게 미륵산에 오르면 한려수도 풍광의 진면목을 한눈에 바라볼 수 있다.

미래사까지 올라가는 삼나무들이 쭉쭉 뻗어있는 숲길이 아름답다.

편백나무 숲도 있다. 미래사 주위의 편백나무 숲은 전국 사찰 임야로는 유일한 것으로 일제 강점기 때 일본인들이 심었다고 한다.

때로는 이렇게 아름다운 풍광이 때 묻은 마음을 씻어주기도 한다. 또한 아름다운 자연 앞에서 내 존재가 얼마나 자그마한지 깨닫게 되는 계기가 되기도 한다.

어쩌면 이런 깨달음만으로도 구원에 가까워지는 것이 아닐까?

미륵산 정상으로 가는 길 중간에 자리 잡고 있는 미래사라고 하는 절.

'미륵이 도래할 것' 이란 뜻을 지닌 자그마한 절이다.

그 유명한 효봉선사가 안거했던 절로 더욱 유명해진 곳이다.

효봉스님은 조계종 초대 종정이었던 선사이시다.

그가 이곳 미륵섬에 온 것은 한국전쟁 때이다.

스님은 일찍이 일본 와세다 대학 법학부를 졸업하고 귀국 후 우리나라 최초 판사가 되어 법조계에서 일했다.

그러나 1923년 한 피고인에게 사형선고를 내린 후 '인간이 인간을 벌하고 죽일 수 있는가' 라는 회의에 빠져 법관직을 버리고 3년 동안 전국을 방랑한 뒤에 1925년 금강산에서 출가하여 스님이 되었다.

효봉스님은 한 번 앉으면 절구통처럼 움직이지 않아 '절구통 수좌' 라는 별명을 얻기도 했다.

바로 그 스님께서 1954년 이곳 미륵산에 미래사를 창건하였고, 초대 종정에 오르는 등 우리나라 불교계 발전에 큰 역할을 했다.

스님은 평소 계율을 철저히 지키고 제자들을 엄하게 가르쳐 문하에 훌륭한 인재를 많이 배출하였고 1966년 입적하셨다.

그러나 이젠 이 미래사가 효봉스님으로도 유명하지만 법정스님이 처음 출가한 절로 더 유명세를 타고 있다.

법정스님은 1932년 10월 8일 전남 해남에서 태어나

목포에서 어린 시절을 보냈다. 스님은 대학 재학 중 한
국전쟁을 통해 경험한 인간의 존재에 대해 고민하다
1955년 출가를 결심하게 된다.

스님은 오대산으로 가기 위해 밤차를 타고 서울에 내
렸지만 눈이 많이 내려 길이 막히자 지인의 소개로 서
울 안국동 선학원에서 당대의 최고 선승인 미래사를 창
건하신 효봉스님을 만나게 된다.

그것도 인연이라 생각된다.

효봉스님은 법정스님의 얼굴을 살펴보고 생년월일을
묻더니 바로 그 자리에서 승낙하고 머리를 깎아주셨다.

법정스님은 삭발하고 먹물 옷을 갈아입으니 너무 기
분이 좋아 종로통을 한바퀴 돌았다고 했다.

그 다음날 효봉선사의 거처인 이곳 통영 미래사로 내
려와 하루에 나무 두 짐씩 하면서 아궁이마다 군불을
지피는 힘겨운 행자 시절을 보내게 된다.

목탁소리가 청아하게
들리는 미래사 대웅전

승가에서는 행자들에게 궂은 일을 많이 시킨다. 그렇게 궂은 일을 하면서 속세에서 벗어나 온갖 번뇌를 참고 견디며 정진하라는 뜻에서 그러했다.

미래사는 그리 크지 않은 자그마한 절로 분위기가 아늑했다.
건물이라고 해봐야 대웅전과 도솔영당, 자항선원, 그리고 범종각, 조사전 등 모두 7개 건물에 불과하다.
불경소리가 깊은 산 속에 청아하게 울려 퍼진다.
웬만한 절 입구에 줄지어 늘어서 있는 잡상인들이 이곳 절 주변으로는 아무 것도 없다.
법정스님께서는 절이 관광지도 아니고 스님들의 도를 닦는 신성한 곳이라고 해서 절 입구에 들어서 있는 절이 아닌 것들을 싫어했다.
절 입구에 자그마한 호수가 있다.

깊은
산 속이라
그럴까
걸려있는
연등도
소박하다

스님들이
머무는
요사채인
설매당

거북이 살고 있는 미래사 입구 자그마한 호수

미래사 입구부터 대웅전까지 일자로 세운 가람배치

그 호수 한가운데 큼지막한 바위가 있고, 그 바위에 자그마한 거북이 몇 마리가 여유롭게 휴식을 즐기고 있다.

'작은 호수와 바위, 거북이들도 어떤 인연을 안고 있을 텐데' 라는 생각이 든다.

절 대문인 삼회문을 들어선다.

자그마한 절이라서 그럴까?

지금까지 내가 다녔던 모든 절에 다 갖추어져 있던 천왕문도 없다.

예로부터 우리나라 사찰에서는 일주문과 본당 사이에 바로 이 천왕문을 세워 그림이든, 아니면 나무로 깎아 만들었든 조금은 무서운 사천왕의 조상을 모시는 것이 일반적이다.

이 천왕문은 사찰을 지키고 악귀를 내쫓아 청정도량

을 만들고 사람들의 마음을 엄숙하게 하여, 사찰이 신
성한 곳이라는 생각을 갖게 하기 위하여 세워졌다.

그러나 가장 큰 의미는 수행자의 마음속에 깃든 번뇌와
좌절을 없애 한마음으로 정진할 것을 강조하는 것이다.

경내가 아담하다.

정면으로 대웅전이 자리잡고 있고 왼쪽으로 자항선원,
오른쪽으로 요사채인 설매당이 있다.

대웅전 바로 앞엔 삼층석탑이 있다.

경내엔 파란 잔디와 곳곳에 꽃이 피어 있어 마치 아름
다운 정원 같다.

마루에 잠깐 걸터앉아 하늘을 올려다 본다.

날이 저물고 있다.

다시 길을 재촉해야 한다.

내일부터 다시 바쁜 도시의 일상생활에 파묻혀 살아
야 하기 때문에.

꽃비 내리는 십리 길

쌍계사

그리움이 가득한 곳

지리산 쌍계사를 찾아가는 길은 멀었다.
새벽에 서울에서 출발하였지만 경남 하동까지 오는 길은
그렇게 멀었다. 점심 무렵이 되어서야 하동 쌍계사에
도착할 수 있었다. 쌍계사를 찾기 전에 허기부터 해결한다.

예전에 법정스님께서 쌍계사를 찾을
때면 가끔씩 드셨다는 사찰 들깨국수.
아주, 아주 오래 전 사찰에서 내려온
음식으로 일 년에 한두 번씩 사찰에서 별식으로 먹었
다는 영양식이다.

사계절 따뜻한 국물과 메밀 면으로 조리하며 국물은
들깨와 그 외 몇 가지를 가미해 만들고, 반찬은 무장아
찌 하나만으로도 거뜬히 먹을 수 있는 담백한 음식이다.

스님은 1960년대 초에 이곳 경남 하동의 쌍계사에서
수선안거를 하는 등 이 절을 가끔씩 찾으셨다.

지금이야 절 입구까지 길이 잘 닦여 있지만 아주 오래
전엔 오죽했을까 싶다.

거의 50여 년 전 법정스님은 쌍계사 오르는 험한 산길을 걸으며 입산 출가의 의지를 다지곤 했다.

스님은 처음 이곳에 와서 너무 무서워 변소 가는 것도 혼자 못 갔었지만, 시간이 흐른 후 이 쌍계사에서 그 무서움을 떨쳐버렸고, 또 처음 탁발 길에 나섰던 것도 이 길이었다고 한다.

쌍계사가 있는 경남 하동.

경남 하동하면 자랑거리가 많다.

우리나라 현대문학 역사상 가장 뛰어난 작품으로 손꼽히는 『토지』의 주 무대가 된 곳이 이곳 하동이다.

이젠 작고하셨지만 소설가 박경리 선생의 『토지』는 동학농민전쟁 이후 1945년 해방에 이르기까지 한 많은 우리 민족사를 담은 대하소설로, 경남 하동 평사리가 배경이다.

또 하동하면 차로 유명하다.

지천으로 차밭이다.

가까운 보성의 차밭도 유명하지만 지리산 자락의 신선한 햇빛과 이슬을 머금고 자란 하동의 야생차 잎은 전국에서 몇 손가락 안에 드는 명차로 꼽히고 있다. 하동의 차는 삼국사기에 의하면 신라 흥덕왕 때 사신이었던 김대렴이 당나라로부터 차 씨앗을 들여와 처음 재배를 시작했다고 한다.

그만큼 하동이 차나무가 자라기에 천혜의 자연 조건을 갖춘 곳으로 일찌감치 신라시대부터 인정받은 셈이다.

또 하동의 자랑은 벚꽃길이다.

4월이 되면 경남 하동엔 새하얀 '꽃비'가 내린다.

섬진강 십리 벚꽃길

섬진강변을 따라 이어지는 하동과 구례를 연결하는 19번 국도는 우리나라에서 가장 아름다운 드라이브 코스로 꼽힌다.

그 길은 섬진강을 따라 길게 이어진다.

섬진강은 전북 진안군 마이산에서 시작해 전남 곡성과 구례를 거쳐, 경남 하동까지 이어지는 곳으로 전북, 전남, 경남의 3도를 거치는 섬진강 5백리 길은 누구나 한 번쯤은 가보고 싶은 여행지다.

아마 그 길을 달리노라면 아름다운 경관에 탄성을 자아낼 것이다.

그 중에서도 화개장터에서 쌍계사에 이르는 약 4km 거리에 흩날리는 벚꽃은 더욱더 장관을 이룬다.

이 길을 '십리 벚꽃'이라 하고, 사랑하는 청춘 남녀가

우리나라 5대 시장 중 하나로
꼽혔던 화개장터

두 손을 꼭 잡고 걸으면 결혼에 골인해서 백년해로한다고 하여 '혼례길'이라고도 불린다. 이 벚꽃 길의 시작점인 화개장터도 구경거리이다.

가수 조영남의 노래 가사처럼 전라도와 경상도를 이어주는 대표적인 전통시장으로 유명한 장터이다.

김동리의 소설 『역마』에는 이곳 화개장터의 질펀한 장터 풍경이 고스란히 담겨 있지만 그러나 세월은 어쩔 수 없는 법. 세월이 변하면서 이 화개장터는 당시의 명성이 퇴색된 지 오래되었고 그나마 이젠 5일장에서 매일 문을 열고 있는 상설 장터로 탈바꿈하였다.

해방 전까지만 해도 화개장터는 지리산의 화전민, 전남 구례와 경남 함양의 내륙지방 사람과 저 멀리 바닷가 마을인 여수, 광양, 남해, 또 전국 각지를 떠돌던 보부상 등 전국에서 몰려든 상인들로 문전성시를 이루며 우리나라 5대 시장 중 하나로 꼽혔던 곳이다.

십리 벚꽃 길을 따라 걷다 보면 어느덧 쌍계사에 다다른다.

쌍계사도 역시 경남 하동이 자랑하고 있는 천년고찰로 화개장터를 넘어 지리산 쪽으로 오르다보면 쌍계사로 들어갈 수 있다.

쌍계사의 역사는 천 년이 넘는 시간을 거슬러 올라간다.

신라 성덕왕 21년인 722년에 의상대사의 제자인 삼법이 당나라에서 선종을 이끌었던 혜능의 머리뼈를 가지고 돌아와 꿈의 계시를 받아 절을 지었다고 한다.

그 뒤 문성왕 2년인 840년에 진감선사가 퇴락한 절터에 옥천사라는 절을 다시 짓고 선종과 범패를 널리 보급했다. 신라 정강왕은 진감선사의 높은 도덕과 법력을 기려 887년 '쌍계사' 라는 절 이름을 내렸고, 그 후 여러 차례 중창을 거쳐 오늘의 쌍계사에 이른다.

그러나 지금의 절은 임진왜란 때 불탄 것을 인조 10년인 1632년에 벽암대사가 다시 세웠다.

쌍계사로 오르는 길에 가장 먼저 만나게 되는 것은 매표소 근처 길 양편의 큰 바위에 새겨진 '쌍계' 와 '석문' 이라는 큼지막한 한문 글씨다.

언뜻 보기에도 예사롭지 않아 보이는 이 글씨는 신라 말기 최고의 문필가였던 최치원의 작품으로 쌍계사에는

차곡차곡 쌓여진
기단만큼 천년고찰 쌍계사의
역사가 느껴진다

그의 글씨가 또 하나 소중히 보관되어 있다.

쌍계사 대웅전 앞마당에 자리 잡고 있는 국보인 진감선사대공탑비로 이 비는 신라 정강왕이 이 쌍계사를 창건한 진감선사의 높은 공덕과 법력을 기리기 위해 세웠는데, 비문은 역시 당대의 대학자였던 최치원이 글을 짓고 글씨까지 썼다고 전해진다.

매표소를 지나 쌍계사로 가는 길을 따라 천천히 고갯길을 오른다.

나지막한 언덕길이지만 운치가 있다.

오른쪽으로는 계곡이 있고, 오솔길 사방으로 연초록 나뭇잎으로 뒤덮여 있다.

단풍나무, 전나무, 단백나무 등이 울창하다.

그리 멀지 않은 길을 천천히 오르다 보면 세속의 번뇌가 말끔히 씻겨 버리는 듯 개운하다.

쌍계사는 다른 사찰과 마찬가지로 국보와 보물을 많이 간직하고 있고, 금강문과 청학루, 마애불, 칠불암 등 문화유산들이 가득한 사찰이다.

국보인
진감선사대공탑비

쌍계사에 들어서면 맨 먼저 일주문이 반겨준다.
속세를 떠나 부처의 세계로 들어가는 첫 관문인
일주문에는 '삼신산쌍계사' 라고 현판이
걸려 있다. 쌍계사란 이름은 두 개의 계곡, 즉 이 일주
문을 가운데 두고 두 개의 계곡 물이 합쳐지기
때문에 그렇게 붙여진 이름이다.

일주문을 지나 금강문과 천왕문이 몇 발짝 안 되는 가까운 거리의 일직선에 이어지는 광경에는 또 한 번의 감탄사가 절로 나온다.

피안의 세계로 들어서는 문,
쌍계사 일주문

문 하나씩 통과하면 현실세계에서 피안의 세계로 들어가는 듯한 착각에 빠지게 된다.

사자를 탄 문수동자와 코끼리를 탄 보현동자가 지키는 금강문과 천왕문을 지나면 팔영루가 막아선다.

이 팔영루는 쌍계사를 세운 진감국사가 섬진강에서 뛰노는 물고기를 보고 8음률로써 '어산'이라는 범패를 작곡했다 하여 이름 붙여진 누각이다.

아래 마당에는 고개를 쏙 빼고 있는 거북이가 탑비가 무거울 텐데 거뜬히 이고 있는 듯한 국보 진감선사대공탑비가 보인다.

유명한 최치원이 쓴 사산비명 중 하나이다.

오랜 세월과 많은 일들을 겪어서인지 균열이 심하고, 일부 파손된 부분도 있었으나 비문을 들여다보면 돌에 어떻게 이렇게 정교하게 글을 새겼을까하는 감탄과 함께 옛 선인들의 위대함이 절로 느껴지게 된다.

다시 팔영루 옆에 놓인 계단에 올라서면 대웅전 아래 마당에 최근에 세워진 커다란 9층탑을 만난다.

마치 월정사 팔각구층탑을 흉내 내어 만들어진 듯한 이 석탑은 낯설기만 하다.

아무리 바라보아도 살갑게 느껴지지가 않고 왠지 어색해 보인다. 세워진 지 얼마되지 않아서 그럴까?

이 탑은 쌍계사의 고산스님이 인도 성지순례를 마치고 돌아올 때 스리랑카에서 직접 모셔온 석가여래 진신 사리 삼과와 산내 암자인 국사암 후불탱화에서 출현한 부처님의 진신사리 이과, 그리고 전단나무 부처님 일위를 모셨다.

천천히 계단을 올라간다.

대웅전이 높은 기단 위에 서 있다.

바위벽에 붙은 동자상이 있다. 어느 절에서나 동자승을 바라볼 땐 선한 아이의 눈빛에 불심의 근원처럼

조금은 낯설게
느껴지는 쌍계사
9층탑 (위)

높은 기단 위의
쌍계사 대웅전 (아래)

천진난만한 순수가 깃들어 있어 그 눈빛 속으로 푹 빠지게 된다.

대웅전 동쪽 경내에 있는 여래좌상의 소박한 형상도 눈길을 끈다.

큰 암석 한 면을 움푹 들어가게 파내고 그 안에 여래좌상을 두껍게 양각했다.

경사가 높은 곳에 있는 대웅전 앞에서 뒤를 돌아 쌍계사를 내려다본다.

장엄함에 마음까지 경건해진다.

이렇듯 쌍계사는 경사진 산세를 따라 자리 잡고 있는데, 쌍계사를 둘러싸고 있는 주변 풍경이 정말 장관이다.

절이 자리 잡고 있는 곳들의 풍경이 아름답다는 건 이미 알고 있는 사실이지만, 쌍계사의 주변 경치는 더욱 아름다웠다.

다시 발걸음을 옮긴다.

범종루 앞으로 난 계단에 올라서면 담 너머로 청학루 현판이 보인다.

문을 들어서니 청학루 커다란 기둥에 눈이 휘둥그레진다.

정말 큰 통나무이다.

청학루 옆으로 다시 계단이 이어진다.

멈춰서 두 손을 모아
합장하게 하는 쌍계사 석불

기단 위로 석가모니 일대기를 그림으로 모셔놓은 팔상전이 있다. 팔상전 기단 앞에는 파초가 큰 잎을 늘어뜨리고 있었다.

이렇게 경내를 천천히 돌고 있노라면 문득 쓸쓸해진다. 갑자기 '인생무상' 이란 말도 떠오른다.

산을 가다가 올라가던 길을 멈추고 잠깐 되돌아보면 인생이 무엇이라는 것을 짐작할 수 있다고 법정스님은 말씀하셨다는데, 이렇게 절에서 나오면서 문득 뒤돌아보면 그런 생각이 든다.

몇 발짝만 나서면 다시 속세인 것을.

다시 그곳에서 우리는 기뻐하고, 슬퍼하고, 좋아하고, 미워하고 그렇게 부대끼며 살아가야 한다.

봄 햇살이 따사로운 봄날의 쌍계사를 등 뒤에 남겨두고 터벅터벅 내려온다.

이 세상에서 가장 소중한 그 무언가를 버려두고 서둘러 도망치듯 쌍계사를 빠져나온다.

봄꽃과 어우러진
아름다운 쌍계사 가람

통도사

깨우침의 보금자리, 금강계단에 합장한다

경남 양산의 통도사 금강계단.
법정스님은 20여 년 전인 1959년 3월 15일 이곳 통도사 금강계단에서 자운율사를 계사로 비구계를 수계 받았다.
그 이전까지는 엄밀히 말해서 사미인 셈이고 이때부터 정말 승려가 되는 것이다.
이렇듯 계단은 승려가 계를 받는 장소다. 금강은 그 무엇으로도 깨트릴 수 없이 단단하고 보배롭다는 뜻을 가지고 있다.
단단하고 보배로운 것은 바로 부처의 몸, 진신사리 때문이다.

따라서 이곳에서 계를 받음은 곧 부처에게서 직접 계를 받는 것과 같은 것이다.

스님은 이곳 통도사에서 계를 받았지만 이후 합천 해인사로 가서 대교과를 졸업하고 다시 이곳 통도사로 돌아온다.

1960년 봄에 운허스님의 부름을 받고 스님은『불교사전』편찬 작업에 동참하게 되고, 이 일을 계기로 스님은 뛰어난 글 솜씨를 발휘하여 그 후 우리가 알고 있는 스님의 수많은 책을 읽어볼 수 있는 계기를 만든다.

그리고 보면 스님에게는 이곳 통도사가 특별한 절이었을 듯하다.

부처가 마지막 설법을 했던 영취산...
그 부처의 세계로 들어선다

통도사는 영취산에 자리 잡고 있는 정말 큰절이다.

이곳 통도사가 들어있는 산 이름도 부처가 마지막

설법을 했던 영취산을 그대로 빌려 왔다.

영취산은 석가모니가 말년에 오랫동안 머물면서

제자들에게 설법을 한 인도의 산 이름.

어쩌면 이곳 통도사는 우리나라에서 가장 쉽게

찾을 수 있는 절이 아닐까 한다.

경부고속도로 통도사 IC에서 빠지면 바로 절 입구이
다.

산 속에 자리 잡고 있는 대부분의 다른 절과는 달리
큰길에서 가까운만큼 규모도 크고 주변의 분위기도 무
척 도시화되었다.

좋은지, 나쁜지 통도사 절 입구 마을은 아예 관광단지
가 되어 있고, 통도 판타지아라는 테마파크가 조성되어
있어 늘 많은 사람들이 찾고 있는 유원지가 되었다.

이른 시간에 찾았건만 주변이 온통 차들로 가득하다.

힘들게 산문입구를 지나면 울창한 송림이 기분 좋게
맞이한다.

미인송처럼 쭉쭉 뻗지는 않았지만 자연미를 그대로
간직한 채 자라난 소나무들이 눈을 즐겁게 한다.

그런데, 이곳 통도사는 다른 사찰과는 사뭇 다르다.

이곳이 스님들이 도를 닦고 있는 사찰일까? 하고 눈
을 의심케 한다.

산문을 들어서자
보행로 왼쪽의 널찍
한 계곡 양편 축대
위에 사람들이 자리
를 깔고 앉거나 누운

이곳 계곡은 사람들이 자연스럽게
즐겨 찾는 유원지이기도 하다

채 음식을 나눠 먹으며 쉬고 있다.

계곡 안에선 벌써 물놀이를 하는 아이들도 보인다.

정말 천년고찰 통도사인가 싶을 정도다.

그 인파는 성보 박물관을 지나 일주문, 천왕문 옆까지 이어졌다.

조용한 사찰을 기대했건만 마치 공원을 찾은 듯 시끌

자연미를
간직한 오래된
통도사 소나무
가로수길

벅적해 내 마음도 덩달아 들뜨게 된다.

그래도 송림지대를 지나면 운치 있는 천년고찰 통도 사의 전각들이 나오고, 좌우로 고풍스러운 절 집들이 도열하고 있다.

단청이 씻겨나간 나뭇결 그대로의 건물들은 바로 옛 날 부처의 세계이다.

옷매무새를 다시 여민다.

옛날 대갓집 중에서 제일 큰집이 아흔 아홉 간이라고 했는데 통도사는 580간이나 된다고 하니 그 규모가 얼 마나 큰지 짐작이 간다.

이곳 통도사는 영취산에서 동쪽으로 흐르는 개울의 북쪽 평지에 자리 잡고 있다.

비룡이 구슬을 가지고 노는 형세란다.

맑은 물이 흐르고 있는 개울을 따라 많은 전각들이 동서로 길게 늘어서 있다.

정말 대찰답게 규모가 크다.

그래서 그럴까?

통도사는 3개 영역으로 구분하고 있다.

이 한 개 영역이 좀 크다고 하는 사찰 한 개 규모가 된다고 하니 통도사의 규모를 알 것만 같다.

극락보전 앞 3층 석탑

이 3개 영역은 천왕문에서 일주문까지는 하로전, 일주문에서 적멸보궁 직전까지를 중로전, 적멸보궁 영역을 상로전이라 했다.

아무리 봐도 이곳 경남 양산 통도사는 참 매력적인 절이다.

위엄이 있으면서도 아기자기하고, 그러면서도 자유스럽고 또 결코 간단치 않은 절이다.

이 통도사는 신라 선덕여왕 15년인 646년에 자장율사가 창건한 고찰로 1400년의 유구한 역사를 자랑하고 있다.

통도사라는 절 이름 자체가 불법을 통달하여 중생을 제도한다는 의미를 가지고 있다.

이곳 통도사가 더욱 유명한 것은 삼보사찰의 하나인 불보사찰이란 점이다.

통도사는 당나라에 수도를 떠난 자장율사가 석가여래의 진신사리를 모시고 와 이 절을 개창한 이후 오늘에 이르기까지 1400년 동안 법등이 꺼진 적이 없는 사찰이다.

뿐만 아니라 통도사는 선원, 율원, 강원의 삼원을 갖춘 사찰에만 격이 주어지는 국내 5대 총림 중 하나이기도 하다.

지금은 오래 전 허물어져 전설 속에 남아 있는 신라 최대의 거찰 황룡사와는 형제사찰로 여겨졌을 만큼 사세가 컸던 절이기도 하다.

통도사 이름은 세 가지 의미를 지니고 있다.

우선 거대한 병풍 같이 감싸고 있는 영취산 모습이 부처님이 설법하시던 인도의 영취산 모습과 통하고 있고, 스님이 되려면 모두 이곳의 금강계단을 통해 계율로서 득도한다는 뜻에서, 또 모든 진리를 깨달아 일체 중생을 제도한다는 뜻에서 통도사이다.

　1400여 년이 흐른 현재. 이런 까닭에 통도사는 깨침의 구도를 따르는 스님들과 번뇌를 잠재우려는 중생의 귀의처로서 그 발길이 끊이지 않고 있다.

　다시 천천히 경내로 들어간다.

　아름드리 소나무들이 도열한 숲길을 따라 들자 금빛 찬란한 '영취산 통도사' 현판 아래 '불보종찰, 국보대찰'이라고 쓰인 일주문이 반긴다.

　부처의 진신사리를 모신 적멸보궁이자 계율의 근본도량이라는 의미에서 불보요, 또 국보급 큰절이라는 것을 먼저 알려주고 있는 것이다.

　일주문과 이어지는 천왕문 좌우엔 수령이 족히 수백년은 넘을 듯한 소나무들이 하늘을 향해 당당하게 뻗어 있고, 천년고찰의 오랜 역사를 상징이라도 하는 듯 표면엔 청이끼가 피어있다.

　구름다리 건너 일주문 앞에 섰다.

주차장에서 통도사로 들어가는 구름다리,
이젠 속세를 떠남일터

일주문은 사찰에 들어가는 첫 번째 문으로 흐트러진 마음, 세속의 번뇌를 하나로 모아 진리의 세계로 들어간다는 상징적 의미를 지닌 문이고, 온갖 인간세상의 어지러운 세속에서 아득한 수미산으로 가는 첫 번째 관문이다.

4월 초파일이 얼마 남지 않아서인지 형형색색 연등이 길게 걸려있다.

승과 속의 경계를 구분하는 일주문을 지나 들어선 천왕문.

여기서부터 부처의 세계다.

속세의 욕망과 번뇌가 근접하지 못하도록 눈을 부라린 사대천왕이 거처하는 통도사 천왕문 천장엔 대들보가 없다. 대신 나무로 조각된 코끼리와 호랑이 상이 양편에서 마주보고 있다.

불교우화에 의하면 이 코끼리와 호랑이는 보현보살과 문수보살이 자비와 지혜의 상징으로 타고 다니는 동물이다.

이 사천왕이 버티고 선 천왕문을 지나면 웅장하기보다는 포근한 느낌의 전각들이 눈에 들어온다.

기와지붕을 이고 있는 극락보전이나 영산전 등 많은 전각들은 오랜 세월 빛에 바래서 나무 고유의 은은한 색상조차 반쯤 안으로 감춘 것 같은 부드러운 느낌을

극락세계에서 영원히
평안한 삶을 누리리라...
극락전

준다. 주는 색감들이 편안하다.

다른 곳이라면 호화찬란하게 비칠 단청들도 이곳에선 파스텔 톤으로 다가와서 절이 아니라 마치 한옥마을에 온 것 같다는 말을 하는 이들도 있다.

천왕문을 지나면 극락전이 있다.

동쪽 벽면에 수수한 회청색으로 살그머니 감싸 안은 반야용선 벽화가 발길을 잡는다.

빛바랜 단청, 속을 훤히 드러낸 나무기둥이 고색창연한 극락보전은 극락세계에서 영원히 평안한 삶을 누린다는 무량수전의 또 다른 이름이다.

용화전은 미래불인 미륵불을 봉안한 불교적 미래세계와 이상세계의 상징이다.

용화전 앞 봉발탑은 통도사에서 볼 수 있는 국내 유일의 탑 양식이다. 석가모니 법을 상징하는 발우를 형상화한 이 탑은 미래불의 출세를 기다린다는 의미로 아래

내벽 대들보의
사자문 단청과
비천상의 불화가
있는 관음전

사각 기단은 부처 진신사리가 있는 금강계단을 향해 엇
각으로 만들어져 있다.

다음은 관음전이다.

이 관음전은 중생이 번뇌를 씻는 곳으로 석가모니가
생전에 입고 있던 금란가사가 보관돼 있다.

그 전각 앞에 8각 기둥의 석등이 서 있다.

드디어 대웅전이다.

오른편에 솟을대문 양식의 개산 조당이 눈에 띄는 대
웅전은 통도사 최고의 성역으로 통한다.

대부분의 사찰에서 가장 중요한 곳이 대웅전이지만
마찬가지로 이곳 통도사에서도 가장 중요한 곳이 대웅
전이다.

거대사찰 통도사의 대웅전이라고 해도 다른 사찰의
대웅전에 비해 그리 호화스럽게 지었다는 생각은 들지
않는다. 색 바랜 목조건물은 오히려 오랜 역사와 친근

함을 함께 드러내고 있다.

지붕이 丁자형의 특이한 구조로 되어 있는 통도사 대웅전은 정면과 측면의 구분 없이 동, 서, 남 세 방향에서 보이는 정면이 모두 똑같아 불교건축의 백미라고 불린다.

뒤편에 부처의 정수리 사리를 비롯한 각종 진신사리를 봉안한 금강계단이 있어 정작 대웅전 안엔 불상이 없다.

부처님 진신사리를 모신
금강계단이 있어 정작 통도사
대웅전에는 불상이 없다

이런 연유로 우리나라 5대 적멸보궁 중 하나이다. 대웅전 안으로 들어서면, 불단 쪽의 벽체에 옆으로 긴 창이 나 있음을 알게 된다. 밖의 금강계단을 눈으로 볼 수 있도록 배려한 것이다.

대웅전 건너 금강계단이 사방으로 열려 있는 것처럼 대웅전도 사방으로 향해 있다.

대웅전은 같은 건물인데도 건물의 앞과 뒤가 구분되어 모두 다른 이름이 걸려 있다.

통도사의 상징적인 건물 대웅전,
4면 모두 다른 현판이 걸려있다

동쪽은 '대웅전', 서쪽은 '대방광전', 남쪽은 '금강계
단', 북쪽은 '적멸보궁'의 현판이 걸려 있다.

뭐니 뭐니 해도 통도사의 가장 큰 자랑거리는 부처님
진신사리를 모신 금강계단이다. 삼국유사에 자장율사
가 직접 당나라에서 모셔와 봉헌했다는 기록이 있다.

금강계단은 2단으로 석단을 쌓고 그 위 중앙에 석종
형의 사리탑을 얹고 네 귀퉁이에는 불법을 수호하는 사
천왕을 배치했다.

다시 그 둘레에 낮은 벽을 치고 천인상을 새겨 놓았다.

대나무 숲과 적송이 병풍처럼 둘러진 이곳 사리탑 위
로는 새들도 날아 다니지 않는다고 한다.

금강계단은 예전엔 1년에 몇 번만 개방했으나 이젠 누구나 연중무휴로 참배할 수 있도록 했다.

다시 발걸음을 옮긴다.

소중한 전설이 전해오는 구룡신지이다.

대웅전 옆, 삼성각 바로 앞에 있는 통도사 창건의 역사를 간직한 구룡신지. 이곳은 늘 차가운 샘물이 솟구쳐 나오고 있다.

많은 사람들이 그들의 염원을 담아 샘물에 동전을 던져 넣고 있지만 물은 언제나 투명할 정도로 맑다.

부처님 진신사리를 모신
통도사 금강계단

구룡의 전설이 담긴
통도사 구룡지

구룡신지에 관해 전해 내려오고 있는 전설이 있다.

자장스님이 통도사를 창건할 때 9마리 용이 있었는데 자장스님이 불력으로 연못의 물을 펄펄 끓게 했다. 8마리 용들은 모두 도망갔으나 한 마리의 눈먼 용이 절을 잘 지킬 테니 살려달라고 애원하여 스님은 이곳에 머물게 해주었다고 한다.

구룡지는 불과 5평 정도 남짓한 크기에 수심도 한 길이 채 안 되는 타원형의 작은 연못이다.

그러나 아무리 심한 가뭄에도 수량이 전혀 줄어들지 않아 통도사 스님들은 이 연못을 '구룡신지'라고 불렀다.

눈먼 용이 아직도 통도사를 지키고 있다는 대웅전 앞 구룡지

또 하나는 창건 당시 '구룡연못' 전설로 절을 수호하겠다는 아홉 번째 용을 머무르게 할 곳으로 연못을 다 메우지 않고 한 귀퉁이를 남겨 두었는데, 실제로 이 연못에서 물이 흘러나와 적멸보궁을 휘돌다 나가고 있다.

그러나 이것들이 통도사의 모두는 아니다.

통도사 산하에는 큰 사찰답게 산 중에 19개의 암자를 품고 있다.

그 중에서 가장 유명한 암자는 자장암으로 자장율사가 통도사라는 큰절을 세우기 위해 바위벽 아래에 움집을 짓고 머물던 곳으로 차분하고 아름다워 사람들의 발길이 끊이질 않는다.

통도사와 암자를 통틀어 유일한 마애불이 이곳에 있다.

자장율사의 영정을 봉안해둔 자장전도 볼거리.

특히 통도사 창건 설화와 함께 전해지는 '금와보살'

설화도 유명하다.

법당 뒤편 바위틈에 작은 구멍이 있는데 자장율사가 겨울에도 암자 주위를 떠나지 않는 금개구리를 위해 절 뒤 암벽에 구멍을 뚫고 그 안에 개구리를 넣어주었는데, 지금까지 그 후손들이 절 주변을 떠나지 않고 있다고 한다.

우리나라에서 사찰만큼 많은 문화재를 가지고 있는 곳도 드물다.

삼국시대 불교를 받아들인 이후로 불교는 우리 생활과 문화 속에 깊이 파고들었기 때문이다.

이런 이유로 오래되고 유명한 사찰들은 여러 시대의 문화재를 많이 지니고 있다.

사찰 곳곳에 깃들어 있는 설화와 성보들도 만만치 않다.

국보 1점, 보물 20점, 천연기념물 1점 등 국가 지정 문

오래된 가람들 속에
활짝 핀 아름다운 홍매화

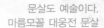
문살도 예술이다.
마름모꼴 대웅전 문살

화재만 43점에 이른
다. 마치 하나의 박물
관을 보는 것 같다.

많은 역사를 간직한
통도사는 그만큼이나 볼 게 많은 절이다.

통도사는 큰절이면서도 한편으로는 아기자기한 맛을
풍기는 독특한 절이다.

큰 것들에만 시선을 둔다면 자칫 작은 아름다움을 놓
칠 수 있다. 통도사에서는 작은 것들에게서 뜻을 보고,
마음을 읽을 수 있다.

이를테면 극락전 옆 수조에 새겨진 작은 돌거북 두 마
리의 모습이나 대웅전 꽃 문살의 아름다움 같은 것들이
다.

천년고찰 통도사.

세월이 흘러도 변하지 않은 것은

분명 이유가 있는 법.

영원하길 바라면서

아쉬운 발길을 돌린다.

해인사

풍랑같은 번뇌, 가야산에 내려놓다

여행의 또　　다른 멋은 여유이다.
도시의 일상 속에서 바삐 생활하다보면 잊고 사는 것.
바로 여유가 아닐까? 여유를 잃고 사는 사람들 대부분은
한쪽으로만 생각하게 된다. 가끔씩 주변을 살펴보자.
비단 여행에서뿐만 아니라
우리의 삶에서도 매한가지일 것이다.

　　결국 여행도 시간과 마음의 여유가 절대적으로 필요
하다. 짧고 분주한 여행은 여행이 아니라 빡빡한 삶의
일정에 불과하기 때문이다.

　　마음의 여유를 찾기 위해 떠나는 여행.

　　아마 산사여행만큼 멋진 여행도 없으리라.

　　경남 합천에 있는 가야산 해인사도 그러한 이유로 찾
았다.

　　해인사를 품고 있는 가야산.

　　가야산은 명산이거늘 늘 숨어 있다.

　　예로부터 이곳 가야산의 명성은 이미 잘 알려져 왔다.

이곳 가야산을 일컬어 '산형은 천하의 으뜸이고, 지덕은 해동 제일이다.' 라는 기록도 남겨져 있다. 또한 택리지의 저자 이중환은 이곳 가야산을 '바위 봉우리가 줄줄이 이어져 마치 불꽃이 공중으로 솟아오르는 듯하여 지극히 높고 수려하다.' 며 극찬을 했다.

그러한 명성을 갖고 있는 가야산이면서도 이 산은 늘 해인사에 가려 한 발짝 뒤에 떨어져 있다.

아마 합천의 해인사를 모르는 사람들은 없을 것이다.

해인사는 우리나라 화엄종의 근본 도량이자, 우리 민족 믿음의 총화라 할 수 있는 '팔만대장경' 을 모시고 있는 사찰로 너무나 유명한 곳이다. 해인사는 한국의 3대 사찰로 일컬어지는데, 부처의 불법인 팔만대장경을 모신 법보사찰이기 때문에 얻은 명예이다.

우리나라의 대표적 삼보사찰은 법보사찰인 이곳 해인사를 비롯하여 부처의 진신사리를 모신 불보사찰인 양산의 통도사, 수많은 국사를 배출하여 승맥을 잇고 있는 승보사찰인 전남 순천의 송광사를 일컫는 별칭이다.

이 밖에도 한국 불교의 성지라는 위상에 걸맞게, 해인사는 국보와 보물 등 70여 점의 귀중한 문화재를 보유하고 있으며, 성철스님 등 우리나라를 대표하는 선승을 많이 배출한 것으로도 이름이 나 있다.

불, 보살의 위신력과
공덕을 표시한 해인사
당간지주

세계문화유산에
우뚝 자리잡고
있는 해인사

해인사가 창건된 것은 802년. 신라 애장왕 3년 때이다.

당대의 그 유명한 의상대사의 법손인 순응 화상과 그 제자인 이정 화상에 의해 해인사는 창건되었다. 두 스님에 의해 해인사가 지어지게 된 전설은 아래와 같이 전해져 온다.

신라 애장왕의 왕후가 등창병이 났는데 아무리 약을 써도 효험이 없었다.

마침내 왕의 사신이 당대의 고승인 두 스님을 찾아와 치료법을 물었다.

두 스님온 오색실을 사신에게 주면서 "이 실 한 끝을 궁전 앞에 있는 배나무에 매고, 다른 한 끝을 아픈 곳에 대면 병이 나으리라." 라고 일러 주었다.

사신은 궁궐로 돌아와 두 스님이 일러준 그대로 시행했더니 배나무는 말라죽고, 왕후의 병은 씻은 듯이 나았다고 한다.

이에 감동한 애장왕은 두 스님에게 전답을 주고 그 전답에 해인사를 짓게 했으며 또한 절의 공사까지 직접 감독했다고 한다.

법정스님도 이곳 해인사에서 살았던 특별한 인연을
가지고 있다.

스님은 1955년 진리의 길을 찾아 나섰고, 당대의 선승
효봉스님을 만나 그 자리에서 삭발하고 출가하게 된다.

스님은 바로 통영의 미래사에서 행자생활을 시작으로
불가생활을 시작하였으며, 이듬해 7월 지리산 쌍계사로
가서 정진하게 된다.

그 후 이곳 해인사 선원에서 좌선을 익히고 강원에서
불교 경전을 익히면서 수행자의 기초를 하나하나 다지
게 되었다.

마침내 1959년 3월 통도사에서 자운스님을 계사로 비
구계를 받았고 1959년 4월 해인사 전문 강원에서 명봉
스님을 강주로 대교과를 졸업하게 되면서 20대 후반부
터 12년간을 이곳 해인사에서 지내게 되었다.

가야산 해인사까지 가는 길은 서울에서 달려오기엔

결코 쉬운 일이 아니었다.

거의 4시간 동안 쉼 없이 달려와, 마침내 해인사 IC를 빠져 나오면 삐죽삐죽 솟은 거친 가야산 봉우리들이 먼저 눈에 들어온다.

홍류동 계곡을 따라 들어간다. 홍류동은 가야산 국립공원 입구에서 해인사에 이르는 4km의 계곡을 가리키는 말이다.

가을 단풍이 붉은 나머지 물이 붉게 보인다고 해서 이런 이름이 붙었지만, 지금의 봄엔 오히려 천천히 들어가는 동안 아름드리 소나무들이 계곡을 따라 멋지게 자라고 있어 장관을 이루고 있다.

더욱이 이곳 홍류동 주변 풍광이 각별한 이유는 신라의 대문장가 최치원이 만년에 이곳에 숨어살다가 어느 날 흔적도 없이 사라졌다는 전설을 가지고 있어 더욱 그렇다.

천년고찰 해인사의
고즈넉한 풍경

해인사 초입에서 절 입구까지 구불구불 난 길에 차가 어질어질하다.

지금이야 이런 도로가 나있어 편하게 들어가지만 아마 법정스님이 처음 해인사를 찾았을 땐 아래 마을 버스 종점에서 절까지 반나절은 족히 걸었음직한 산길이 아니었을까 싶다.

그래도 계곡의 물소리 새소리에 마음 달래며 쉬엄쉬엄 오르는 해인사 산길이 참으로 좋다.

절에 오르다 힘이 들면 다리라도 쉴 겸 홍류동 계곡 정자에서 잠시 숨을 돌리며 선인들의 자취를 살피는 것도 좋을 일이다.

고즈넉한 산사를 찾으면 아련한 추억들과 그리움의 조각을 맞추느라 생각들이 많아지곤 한다.

산길을 오르다보면 복조리를 만드는 조릿대를 많이 보게 되는데, 이 조릿대의 긴 잎에서 억새풀을 자연스레 떠올리게 된다.

불보사찰
'가야산해인사' 일주문

법정스님이 해인사에서 보내던 풋풋한 그 시절에 가까이 했다가는 시퍼런 서슬에 베일 것 같아 억새풀이라 표현했었다는 친구의 말을 훗날에 전해 들으셨단다.

싱긋이 웃음이 난다.

스님이 왜 그런 말을 듣게 되셨는지를 어렴풋이나마 알 것 같아서이다.

땀이 날 때쯤 일주문을 만나게 된다.

큰 사찰에 들어설 때 처음 만나는 일주문.

절의 입구에 서 있는 일주문은 모든 중생이 성불의 세계로 나아가는 길의 첫 관문을 상징하는 문이다.

옆에서 보았을 때 기둥이 하나로 겹쳐 보인다고 해서 일주문이란 이름이 시작되었다.

붉은색 노을의 아름다움을 담은
또 다른 이름, 해인사 홍류문

특히 이곳 해인사 일주문은 '홍류문' 이라 한다.

일주문 일대의 수목들이 단풍이 한창들 때 일주문과 절묘한 조화를 이루면서 마치 붉은색 노을이 끼는듯 하다고 해서 이런 이름을 얻었다.

그 소박한 아름다움과 주변 경치와의 어우러짐이 일품이란 생각이 든다.

일주문을 지나 약 100m
가량 비탈진 길을 오르면
'해인총림' 이란 편액이 걸
린 건물이 나온다.

총림이란 승려들의 참선수행 전문도량인 '선원'과 경
전 교육기관인 '강원', 그리고 계율 전문교육기관인
'율원' 등을 모두 갖춘 절을 말하는데 요즘 학교에 비유
한다면 종합대학 격이라 할 수 있다.

이러한 총림사찰로는 이곳 해인사 해인총림을 비롯하
여 우리나라에 불과 5개 사찰뿐인데 그 총림사찰로는
송광사 조계총림, 통도사 영축총림, 수덕사 덕숭총림,
백양사 고불총림이 있다.

다시 경사가 심한 돌계단을 오르면 해인사의 제3문인
격인 '해탈문', 불이문이 나온다.

불이는 둘이 아닌 경지라는 뜻으로, 근본 진리는 오직
하나이고 둘이 아니며 하나를 깨달으면 백 가지에 통할

해인사의 주법당 대적광전 (왼쪽)
해인사 선장격인 돛대바위를 이용해
만든 가파른 돌계단 (오른쪽)

수 있다는 것을 의미하고 있다.

결국 너와 내가 둘이 아니며, 만남과 이별도 둘이 아
니라는 뜻을 담고 있으며, 더 나아가 시작과 끝도 둘이
아니고, 삶과 죽음도 둘이 아니며, 부처와 나도 둘이 아
니라는 깊은 뜻을 담고 있다.

이 해탈문을 지나면 구광루와 대적광전, 장경각 등 해
인사의 위용을 여실하게 보여주는 건물들이 보인다.

해인사의 주법당인 '대적광전'.

대적광전 앞 계단은 경사가 심한 돌계단이다.

조심해서 하나하나 올라간다.

이 돌계단의 석재들은 장경판전 뒤편에 있었던 돛대
바위를 이용해서 만든 것으로, 이 돛대바위는 해인사
사찰에서 선장 역할을 하던 존재였는데 일제 때 일본
장교가 돛대바위를 깨뜨리고 그것을 이용해 지금의 계

단을 만들었다고 한다.

해인사의 중심 불사인 대적광전을 뒤로 돌면 고색창연한 축대 가운데로 높고 가파른 돌층계가 또 하나 있다.

경사가 너무 심해 아찔할 정도이다.

그 계단을 조심스럽게 올라 일각문을 넘으면 넓게 두른 담장 안에 네 채의 건물이 긴 네모꼴 평면을 이루고 있는 것을 볼 수 있다.

국보이면서
유네스코 세계문화
유산인 우리의 자랑
팔만대장경 입구

맨 앞이 수다라장, 뒤는 예불을 드리는 법보전이 나란히 서 있고, 동 사간전, 서 사간전이 서로 마주보고 있다.

이곳이 바로 팔만대장경을 보관하고 있는 '장경판전'이다.

이곳 장경판전은 현재 해인사 수십 채의 건물 가운데 가장 오래된 건물이며, 국보는 물론 1995년에 유네스코 세계문화유산으로 지정되었다.

팔만대장경을 구경하기 위해 해인사를 방문한 사람들은 세계문화유산으로 등재되어 있다는 장경각의 겉모습을 보고 쉽게 실망하곤 한다.

　팔만대장경을 보관하고 있는 건물들이 그 이름과는 달리 무슨 창고나 헛간처럼 생겼기 때문이다.

　또 건물의 네 면을 차지하고 있는 나무 격자창살 사이로 지루하게 쌓여있는 경판을 구경하는 데는 채 20분도 걸리지 않으니 싱겁다는 느낌을 받는 것이 결코 무리는 아니다.

　그러나 꾸밈이 없고 전혀 과학성이 없게 보이는 이 공간이 750년 동안이나 대장경판을 아무런 피해 없이 오래 저장될 수 있게 만드는 비결이다.

　장경각을 가만히 보면 위아래로 두 개의 창이 이중으로 나있고, 아래창과 위창의 크기가 서로 달라 자연적인 기후조절과 일정한 공기의 흐름을 이용한 통풍뿐 아니라 채광의 조절도 가능하다.

　이외에 숯과 횟가루, 소금을 모래와 함께 차례로 놓은 판전 내부의 흙바닥은 자연적으로 습도를 조절할 뿐 아

세계문화유산 팔만대장경이
보관된 장경판전

세월의 깊이만큼 이끼가 긴
고즈넉한 풍경

니라 해충의 침입을 막아 지금까지 오랫동안 보관되어 있는 팔만대장경판은 부패하거나 쥐와 좀벌레가 갉아먹는 일이 거의 없었다고 한다.

또 경판 자체가 오랜 세월을 지나는 동안 휘는 일도 없이 원형 그대로를 유지하고 있다고 하니, 아무리 과학이 발달한 오늘날에도 쉽게 이루지 못할 우리 선조들의 지혜를 엿볼 수 있어 가슴이 뭉클하였다.

이 명성 못지않게 해인사의 또 다른 명성은 성철스님이다.

해인사 뒤편 활엽수림 속으로 난 길을 한참 올라가면 성철스님이 만년에 머물렀던 백련암에 이르게 된다.

가야산 호랑이라고 일컬어졌던 성철 큰스님.

큰스님은 학승들의 참선 수도를 독려하고자 매일같이 이 산길을 따라 백련사와 해인사를 오르내렸다고 한다.

그 큰스님이 거닐었던 오솔길을 생각하며 천천히 걸어보는 것도 좋을 듯싶다.

성철 큰스님은 8년 동안 눕지도 않았다는 장좌불와,

10년 동안 바깥출입을 하지 않았다는 동구불출의 일화도 가지고 있다.

그 큰스님의 체취를 고스란히 간직한 숲을 거닐다 보면, 애쓰지 않아도 저절로 자기 삶의 의미를 되새겨보게 된다.

그 큰스님이 하신 말씀은 요즘도 사람들의 입에 회자될 정도로 유명하다.

"산은 산이요 물은 물인 것을."

1300여 년 세월을 간직한 해인사에는 이렇듯 둘러봐야 할 곳이 너무나 많다.

그렇다고 너무 서두르지 말자.

느린 걸음과 여유로운 마음을 갖고 경내를 거닐다보면 어느 사이 마음이 깨끗해짐을 느낄 것이다.

사천왕문에서 일주문으로 내려가며
바라본 해인사 풍경

저녁 무렵에는 처마 끝에 걸린 풍경소리가 더욱 맑고 청아하다.

참 편안해진다. 마음을 어루만진 듯 위로를 받은 느낌이다.

다시 천천히 일주문을 빠져 나온다.

고요한 바다에 삼라만상이 비치듯이 모든 세상 사람들의 번뇌와 망상도 사라져 평온한 바다처럼 마음이 평안해지기를 기원해보는 것.

나도 지금 필요 없는 삶의 부스러기를 떨쳐 버려야 한다는 것을 느끼면서 그런 생각을 하게 된다.

주차장 옆 하얀 목련이 탐스럽다.

이내 마음 한 편에 뭉게뭉게 피어오르는 그 무엇이 있다.

그리움일 것이다.

그냥 아련한 그리움인 것을.

벌써 속세로 돌아온 것일까?

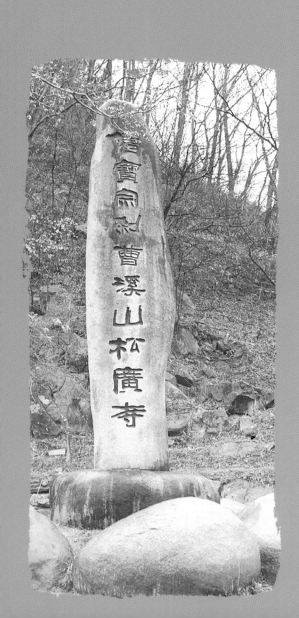

송광사

잠깐 속세의 마음을 떼어 놓고 떠나는 산사여행

산과 들, 자연엔 늘 어디론가 이어지는 길이 있다. 그 길을 걷다 보면 예상치 못한 자연을 만나기도 하고, 다른 곳으로 이어지는 새로운 길을 만나기도 한다.

그 길을 찾아 떠나는 여행은 늘 설레임으로 가득하다.

봄비가 부슬부슬 오는 날, 전남 순천 송광사를 찾았다. 이른 새벽 서울에서 출발하여 얼마나 달려 왔을까? 자욱한 안개 속에 조계산이 보인다.

전남 순천에 자리 잡고 있는 이 조계산은 남도의 이름난 사찰을 품고 있는 명산이다.

태고종의 본산이라고 하는 선암사와 조계종의 승보사찰인 송광사가 바로 그곳이다.

조계산 동쪽과 서쪽에 자리하고 있는 이 사찰들은 이름만 들어도 알 수 있을 만큼 유명한 절이다.

이들 사찰이 있어 청량산이라 불리던 동쪽 봉우리와 송광산이라 불리던 서쪽 봉우리를 합해 불교의 큰 맥이 이어지는 곳이라는 뜻을 가진 조계산이라는 산 이름도 얻게 되었다.

송광사로 이어지는 길이 정말 아름답다.

송광사로 들어가는 입구에
벚꽃이 가득 피어 있는 가로수길

봄비일까?

꽃비일까?

벗꽃이 가득 피어있는 가로수길은 탄성을 자아내기에 부족함이 없다.

우리나라 산사 가는 길이 대부분 그러하듯이 전남 순천 송광사를 가기 위해서는 약간의 경사가 있는 숲길을 걸어야 하는 수고로움이 따른다.

비오는 날 산사로 가는 숲길은 더욱 운치가 있다.

봄은 물소리로부터 찾아오는 것일까?

물소리가 들린다.

쭉쭉 뻗은 소나무도 정겹다.

절 이름을 소나무 송자를 넣어 송광사라 할 정도로 예전엔 온 산에 아름드리 소나무가 빽빽이 있었지만 여순 사건 이후 한 지휘관의 무지막지한 잘못으로 지금은 그 당시의 울창한 소나무 숲을 볼 수 없게 된 것은 안타까운 일이라고 법정스님은 말했었다.

송광사는 우리나라 삼보사찰 중의 하나일 정도로 유명한 사찰이다.

삼보사찰이란 부처님의 진신사리와 가사를 봉안한 불보사찰인 경남 양산 통도사, 부처님의 말씀인 팔만대장경을 간직하고 있는 법

송광사 이름 그대로
쭉쭉 뻗은 소나무

보사찰인 경남 합천의 해인사, 그리고 보조국사 이후로 무려 열여섯 분의 국사를 배출했기 때문에 승보사찰로 불리는 이곳 전남 순천 송광사를 지칭하는 말이다.

그러나 송광사는 이렇게 역사적 · 문화적으로만 가치가 있는 것이 아니다.

우리나라 산사의 대부분이 아늑하고 주변 풍경은 이루 말할 수 없을 정도로 아름답지만, 이곳 송광사의 아름다움은 더하다.

아늑한 숲 속에 다소곳이 자리 잡은 산사, 바람과 어우러져 은은하게 들리는 풍경 소리는 눈과 귀뿐만 아니

라 마음까지 맑게 해준다.

한국 불교의 수행정진 도량인만큼 수행에 방해되므로 송광사에는 휴대

봄비 내리는 아름다운 송광사 경내

폰 기지국마저 설치되어 있지 않다. 결국 벨소리 없는 자연의 바람을 들을 수 있는 청정지역이 바로 이곳인 셈이다.

절 내부로 들어가기 위해서는 개울을 건너야 한다. 아담한 무지개다리를 지나다가 아래 개울물을 쳐다보면 그 맑고 푸름에 한참 동안 넋을 놓을 수밖에 없다.

손가락 굵기의 물고기들이 떼 지어서 이리저리 노는 모습을 보는 것도 커다란 기쁨이 된다.

송광사는 속세의 티끌을 묻혀서는 안 되는 곳이었을 거라는 생각이 든다. 송광사로 오르는 길에 마음 씻음을 강조하는 곳이 많음은 그 때문일 것이다.

절 아래 주차장에서 일주문까지는 멀지도 가깝지도 않은 거리로 천천히 걷다 보면 저 만치에 누각이 보인다.

청량각이다.

청량은 맑고 깨끗함을 의미하며 바로 세속의 번뇌를 이곳에서 말끔히 씻고 가라는 의미이다.

계곡의 경쾌한 물소리를 따르다 보면 어느새 일주문.

봄비 내리는
조계산 송광사 일주문

이 일주문을 지나면 왼편으로 맑은 시냇물에 둘러싸인 송광사가 모습을 조금씩 드러낸다.

많이 봐왔던 사찰과는 달리 송광사는 전각 사이로 맑은 물이 흐르는 계곡이 있다.

그 물 위로는 홍예교라는 아담한 무지개다리가 놓여 있다. 질박하면서도 멋스러운 이 홍예교는 인공이면서도 인공이 아닌 듯 주변의 자연풍광과 절묘한 조화를 이루어 낸다.

홍예교 위로 우화각이 세워져 있다. 그곳에 오르면 정말 우화라는 명칭처럼 몸과 마음이 깃털처럼 가벼워질 것만 같다.

이렇게 경내로 들어선다.

송광사 하면 지눌스님을 상징할 정도로 그 분의 영향이 크다.

몸과 마음이 깃털처럼
가벼워진다는 의미의
계곡 물 위에 세워진 우화각

그러나 이 송광사를 창건한 사람은 지눌스님이 아니다.

신라 말기에 혜린이란 스님이 마땅한 절을 찾던 중, 이곳에 이르러 산 이름을 송광이라 하고 절 이름을 길상이라 지었는데, 그 당시엔 승려수가 30여 명 남짓한 작은 규모의 절이었다.

고려 때 보조국사 지눌스님이 정혜사를 이곳으로 옮겨와 수선사라 하고 도와 선을 닦기 시작하면서, 큰 사찰로 새롭게 변모시켰다.

고려의 국운이 기울어가던 1190년, 30대 초반의 젊은 지눌스님은 이곳 송광사에서 그 유명한 정혜결사문을 발표한다. 혼탁한 세상, 모든 것 다 버리고 교와 선을 아울러 도 한 번 제대로 닦아보자는 외침이었다.

그리고 보면 이곳 전남 순천의 송광사가 지눌스님의 그 결사 근거지인 셈이다.

"이 지팡이가 말라죽었다가 다시 살아나면 내가 어디선가 다시 태어나 수행하고 있는 줄 알거라."

봄비 오는 날 송광사의 아름다운 운치

그러시던 보조국사 지눌은 지팡이 하나를 전남 순천 송광사에 꽂아 놓고는 세상을 떠났다.

사람 키의 서너 배는 됨직하게 자라 이제 볼품없이 말라비틀어진 송광사 입구에 있는 이 '지눌스님의 지팡이

나무' 부터 뒤편 언덕에서 절을 내려다보고 있는 부도까지, 지눌스님의 흔적은 장대한 송광사 사찰 전체를 지금도 감싸고 있는 듯했다.

그 뒤 조선 초기에 이르기까지, 이곳 송광사는 16명이나 되는 국사를 배출하면서 승보사찰의 지위를 굳히게 된다.

송광사 경내에는 이들 16국사의 진영을 봉안한 국사전이 따로 있다.

그러나 이곳 송광사도 늘 화려함만 있는 것이 아니라 오랜 세월을 버티어 오면서 많은 일을 겪었다.

임진왜란 때 전각 상당부분이 소실되었고, 1842년에는 큰 화재가 일어나 대부분 건물이 불타 없어지는 일을 겪기도 했다.

또 1948년 여순사건과 6·25전쟁으로 사찰의 중심부가 불타는 등 우여곡절을 겪었지만 그때마다 불심으로 거뜬히 다시 일어나곤 했다.

송광사는 가장 많은 사찰 문화재를 간직하고 있는 사찰로도 유명하다.

국보만 해도 목조삼존불감과 고려고종제서, 또 16명의 국사의 진영을 봉안하고 있는 국사전이 있으며 보물은 이루 말할 수 없을 정도로 많아 송광사 전체가 마치 하나의 박물관 같다.

다시 천천히 경내 안으로 들어갔다.

마치 궁궐 같다.

송광사 가람 배치의 가장 큰 특징은 대문 바로 앞에 물이 흐르고 있는 계곡을 배치한 것이다.

풍수적으로 임수라고 해서 집 가까이 물을 두기는 하지만 앞마당 바로 앞에 계곡을 만들기는 쉽지 않은 일이다. 조계산에서 내려오는 맑은 계곡물이 그대로 경내 안으로 흘러 들어간다.

이 계곡물을 건너야 비로소 절 안으로 들어갈 수 있는데, 그 물을 건널 수 있는 다리 능허교는 조선 숙종 때 만들어졌다.

능허교는 홍예, 즉 무지개다리다.

침계루와 육화당을 끼고
흐르는 계곡물

이름 그대로 다리 아래 가운데 부분을 19개의 장대석으로 올려 반원형의 아름다운 무지개를 이루고 있다.

한참 바라본다. 맑은 물 위에 비친 다리는 한 폭의 산수화를 연상케 한다.

이렇게 다리에 담겨진 의미를 떠나 물 위에 떠 있는 우화각과 능허교가 맑은 계곡물에 어우러져 만들어내는 정취는 송광사 풍경의 압권이다.

그뿐 아니라 우화각의 그런 정취를 더해주는 건물이 옆에 있다.

임경당과 침계루이다.

임경당은 이름 그대로 거울처럼 맑은 물에 가까이 있는 집이란 뜻으로, 우화각의 오른편에 있는 아름다운 건물이다.

건물 일부가 계곡 쪽으로 튀어 나와 아래 두 기둥이

거울처럼 맑은 물과
아름다운 전각 임경당

계곡물에 드리워져 있다. 우화각 난간에 걸터앉아 임경당을 바라보고 있노라면 마음은 거울처럼 맑아진다.

우화각 왼쪽의 침계루는 사자루라고도 불리는 제법 큰 2층 누각이다. 계곡을 베고 누웠다는 이름처럼 계곡을 따라 늘어선 육중한 나무 기둥들이 송광사의 강인한 불심을 보는 듯하다.

그러나 지금 송광사의 힘은 이러한 건물이나 자연의 아름다움에서 나오는 것만은 아니다.

바로 지금까지 이곳 송광사에서 배출한 16명의 국사에서부터 시작된다.

송광사의 수행정신이 어떠한지 보여주는 흔적이 능허교에 있다. 어쩌면 무심코 지나치기 쉬운데, 가만히 살펴보면 능허교 아래쪽 수면을 향해 배꼽처럼 툭 튀어나온 용머리석상이 있다.

이 용머리석상은 계곡물에서 엄습하는 나쁜 기운을 용의 기운을 빌어 차단하는 역할을 한다. 그런데 그 용머리 입부분에 엽전이 철삿줄에 꿰어져 매달려 있는 것을 볼 수 있다.

그것과 관련해서 전해져 내려오는 이야기가 있다.

이곳 능허교는 시줏돈을 받아 만들었는데, 다리를 완공하고 보니 엽전이 많이 남았다.

공사를 감독하던 스님은 그걸 자기 주머니에 넣지 않고 다리 아래에 매달았다고 한다.

사실 여부를 떠나, 이렇게 반듯한 수행자의 모습을 송광사는 오늘에 이르기까지 기억하려는 것이다.

승보사찰인 송광사의 상징 격인 국사전은 아담한 네 칸 맞배집이다.

그동안 많은 재난 속에서 이 국사전만은 의연히 잘 버티어 그대로 서 있다. 이 국사전 안에 모시고 있는 16분의 스님들은 한국불교의 산증인들이 될 것이다.

그렇게 큰 사찰인데도 다른 사찰에서는 많이 볼 수 있는 석탑과 석등을 쉽게 볼 수 없다.

송광사는 다른 사찰과 비교해 볼 때 그 형상이 여성의 모태와 같은 형상을 하고 있으며, 조계산 자락이 병풍처럼 그 주위를 둘러싸고 있는 모습이다.

그 형상이 마치 단아한 연꽃 봉우리 같다.

반면에 송광사를 감싸고 있는 조계산 자락은 연꽃의

잎사귀 형상이며 송광사 경내의 목조건물들은 마치 연꽃의 꽃술 모양을 하고 있다. 연꽃 봉우리에 무거운 석탑이나 석등을 올려놓는 것은 곧, 꽃봉우리를 가라앉히는 격이 될 것이다.

때문에 석탑이나 석등을 설치하지 않은 것은 당연한 이치라고 생각이 든다.

또 높은 곳에서 내려다보면 송광사는 솔개모양을 하고 있다.

보조국사 지눌스님이 정혜사를 이곳으로 옮길 때 모후산에서 나무로 깎은 솔개를 날렸더니, 지금의 송광사 국사전 뒷등에 내려앉더라는 이야기가 전해진다.

쪼자형 구조가 이채로운
송광사 대웅보전

즉, 새의 등에 돌을 올려놓으면 새가 날 수 없게 되기 때문에 석탑이나 석등을 설치할 수 없다는 것이다.

이러한 송광사에는 세 가지 명물이 있다.

첫 번째는 비사리 구시이다.

국사전 한쪽에 놓여 있는 이 비사리 구시는 우선 크기가 보는 이를 압도한다.

비사리 구시는 밥을 담아 두던 것으로 이 송광사 구시는 쌀 7가마 분, 즉 4천 명 분의 밥을 담을 수 있는 크기이다.

흔히 절의 규모를 추측하는 기준으로 당간지주의 크기와 말구유, 공양 기구를 말하는데, 이 비사리 구시는 솥의 개념을 넘어 작은 배만한 크기를 자랑하고 있어 사찰 규모가 어느 정도 컸던지를 짐작할 수 있다.

두 번째는 능견난사이다.

이 능견난사는 절의 음식을 담아내는 일종의 그릇이다. 손으로 일정하게 만들어진 수공예품으로써 그 정교함이 돋보인다.

마지막으로 쌍향수를 말한다.

곱향나무로 불리는 송광사의 명물 쌍향수는 조계산 마루 천자암 뒤뜰에 우뚝 서 있다.

두 그루 향나무가 같은 크기와 같은 모습을 하고 있어 쌍향수란 이름이 붙었는데, 나무 전체가 엿가락처럼 꼬였고 가지가 모두 땅을 향하고 있다.

수령이 무려 800년이나 되어 그 명물을 보기 위해 항상 사람들의 발길이 끊이지 않고 있다.

송광사에서 오랜 시간이 흘렀다.

생각들이 많아진다.

욕심!!

따지고 보면 법정스님의 말처럼 무소유란 자신이 필요한 만큼만 가지는 것인데 하고 싶은 것이 많고 갖고 싶은 것도 많다.

또 그리운 이도 있다.

그렇게 살아간다는 게 어려운 일일까?

스님들이 벗어놓은
가지런한 고무신

무소유의 성정에서

불일암

대숲 바람소리 친구가 된다

　　　　　　　빠삐용이 절해고도에 갇힌 건 인
생을 낭비한 죄이기 때문에 이 의자에 앉아 인생을 낭비하고 있지
는 않은지 생각해본다고 하던 법정스님.
　스님은 이 빠삐용 의자를 굴참나무 가지로 직접 만들었다.

　그러나 내가 찾은 날, 불일암 마루 옆에 놓여 있는 이
빠삐용 의자는 주인을 잃고 혼자 덩그러니 서 있었다.
　스님께서 17년간이나 혼자 머물렀던 자그마한 암자
불일암.
　불일암은 송광사 매표소에서 북서쪽으로 2km 정도
떨어진 조계산 산 속에 있다.
　매표소를 지나 개울을 끼고 송광사 경내로 들어선다.

법정스님이
17년간 머무르신
불일암 본채

물소리와 산새소리가 교향곡보다 아름답게 들린다.

조계산 자락의 대나무와 편백나무, 그리고 사각거리는 대숲의 바람소리가 속삭이듯 정겹다.

전남 순천 송광사를 찾은 날, 천천히 가파른 오솔길을 따라 30여 분간 올라 그곳을 찾았다.

그날은 비가 내렸다.

법정스님이 1975년부터 1992년까지 그곳에서 머물렀다니 햇수로 17년. 대숲 속에 숨어 있는 듯 자리 잡고 있는 불일암은 법정스님의 성정처럼 정갈하다.

불일암 입구도 대숲으로 꾸며져 있다.

스치듯 대나무 소리에 묵묵히
불일암으로 향하는 발걸음

대숲으로 이어진
아름다운 불일암
산문 입구

법정스님의
영정이 모셔진 본채

"스님, 부디 극락왕생하소서!"

대숲이 끝나는 곳에 불일암 대문이 자리 잡고 있다.

그 자그마한 대문은 아마 세상에서 가장 아름다운 대문일거라는 생각이 든다.

"스님!!!" 산골짜기에 외침이 울려 퍼진다.

텅 빈 불일암을 향해 합장을 하며 울먹이는 불자가 있다.

불일암 자그마한 방 입구엔 스님의 영정 사진이 놓여 있다. 그 앞에서 불자들이 3배를 하면서 무릎을 꿇은 채 하염없이 스님을 바라본다.

스님의 이름이 불교계의 양식 있는 지성으로 이름을 한창 높이고 있을 무렵, 서울 봉은사 다래헌에서 머물던 스님은 돌연 모든 것을 정리하고 전남 순천 불일암으로 갔다.

　폐허가 되다시피 한 암자를 하나하나 다시 만들면서
수행에 정진하고 주변 자연과 대화를 하면서 스님의 첫
번째 산문집『무소유』를 완성한 것도 이곳이었다.

　스님은 이후『서있는 사람들』과『물소리 바람소리』,
『산방한담』,『새들이 떠나간 숲은 적막하다』,『텅 빈 충
만』등 주옥같은 산문집을 차례차례 이곳에서 쓰신다.

　스님은 이곳을 '물 흐르고 꽃이 피는 곳' 이라는 뜻을
가진 '수류화개실' 이라 했다.

　혼자 계시기에 적적하지 않았을까?

　빠삐용 의자 위에서 스님은 얼마나 많은 생각과 상념
을 이어갔을까?

평소 스님이 사용하셨던
소박한 물건들

　불일암은 깔끔하고 정갈하
기 그지없다.

　스님은 아무 생각 없이 쓸
고 닦으면 마음이 편안해지
고 마룻장이나 방바닥 또는
가구나 유리창이 깨끗해지면
그걸 닦는 마음도 깨끗해진다고 했다.

　부엌에 들어가 본다.

　머리카락 하나, 먼지 하나 보이지 않을 만큼 너무나

하얀 창호지에 비치는
햇살을 좋아하신 스님

정갈해서 보살들도 들어가기를 겁나 했다는 부엌.

정말 그랬다.

있는 것이라곤 밥솥 하나, 그릇 몇 개가 전부다. 부엌에 들어갈 땐 가끔씩 스님은 이 짓을 언제까지 해야 하는지를 생각하기도 했단다.

스님이 말했던 유리창은 없지만 유리창을 대신했을 깨끗한 문창호가 있다. 새로 바른 창에 맑은 햇살이 비치니 방 안이 한결 정갈해 보인다고 했던 스님. 그 창호지에 비치는 맑고 포근한 햇살을 보고 있노라면 맘이 넉넉해지고 행복을 느끼게 된다고 했다.

텅 빈 충만 속에 즐길 수 있는 삶의 지혜가 아닐런지.

불일암이라고 해봤자 건물 두 동에 화장실 한 개가 전부다.

그 중에서 위채는 스님의 침실 겸 서재로 사용되었고, 아래채는 손님들이 머물렀던 방과 부엌으로 쓰였다.

몇 해 전에는 스님의 상좌들이 힘을 합쳐 별채인 서전을 지었다.

연중 물이 줄거나 늘지 않는 샘터와 대나무를 바라보

손님들이 머무르던 방과
부엌으로 이루어진 아래채

불일암의 명물, 대숲 속에 자리잡은
불일암 해우소

며 뒷일을 볼 수 있는 해우소는 스님의 빼어난 안목과
청결함으로 명품 반열에 오른 지 이미 오래이다.

해우소, 즉 변소를 절에서는 예전부터 정랑이라고 했
다. 대숲에 들어앉은 정랑이 불일암에서는 그중 운치
있는 집이라고 스님은 말씀하셨다.

스님은 산길에 수북이 쌓여 있는 가랑잎을 며칠 동안
긁어모아 정랑 옆에 쌓아 두고, 일을 보고 나와서는 뒷
사람을 위해 이 가랑잎을 한줌씩 뿌려 두었다.

나중에 이것들은 다시 밭으로 들어가 곡식과 채소의
거름이 되기도 하는 일석이조 효과를 낸다.

스님은 이 정랑을 지으면서 이곳을 거쳐 가는 사람마
다 근심걱정이 있으면 다 풀어버리고 가볍게 빈 마음으
로 산을 내려가길 축원했다.

위채에는 스님이 직접 심었다고 하는 후박나무가 넉
넉한 품새로 조계산을 바라보고 있다.

스님의 책에도 자주 나오고 있는 후박나무.

이젠 주인을 잃은 슬픔에 잎이 가늘게 흔들리고 있다.

아래채 기둥에 온도계와 목탁이 걸려 있다.

스님께서 밖의 온도를 확인하던 온도계

스님은 어느 해 소한 날 서울은 영하 16도 5부이고 우리 불일암은 영하 13도라고 했다.

그렇게 이 온도계를 바라보며 불일암의 바깥 온도를 확인하면서 춥지 않은 겨울이 얼마나 다행인지 모른다고 하셨다.

얼어붙은 추위 속에서 끓여 먹는 일이 너무 머리가 아프다고 하시는 것을 보면 혼자 수행에 정진하셨던 스님도 천상 우리와 같은 사람임에 친근함을 느끼게 해주는 대목이다.

불일암 앞엔 스님이 홀로 살며 가꾸던 50여 평의 텃밭이 앞마당을 대신하고 있다.

불일암 본채와 채소를 가꾸시던 앞마당을 대신한 텃밭

늘 흙을 가까이하며 살라고 했던 스님.

스님은 이 텃밭에 배추와 무, 아욱과 상추를 심었다.

그 채소들은 스님의 몫만 아니었다.

어느 땐 밤에 산토끼들이 내려와 배추와 무를 허락도 없이 많이 뜯어먹은 일도 있었다고 한다.

처음엔 많이 섭섭했지만 그러나 같이 나누어 먹으면서 더불어 살아감을 기뻐했던 스님. 스님이 그렇게 가꾸던 텃밭에서 새싹들이 움트고 있었다.

이 새싹들은 아마 아직 모르고 있으리라.

스님이 어디 가신 지를.

어둑어둑해진다. 스님은 이곳에 계실 때 저녁 해가 떨어진 후에는 어떠한 방문객도 암자 안으로 들이지 않았다.

시도 때도 없이 불쑥 찾아오는 방문객들을 물리치는 일이 가장 어려웠던 일이라고 회고하실 정도였다. 수행하기 위해서는 욕을 먹더라도 그럴 수밖에 없었다고 하셨다.

그리고 보니 아무리 암자라 하더라도 일주문도 불이문도 없다.

송광사의 말사이지만, 이곳의 소박한 호젓함 앞에 그런 격은 거추장

금방이라도 맑은 목탁소리가
들려올 듯한 스님의 목탁

스러웠을 것이라고 생각이 든다.

　지은 죄가 많은 여행자에게 이곳은 오래 있기가 죄스
럽다.

　다시 되돌아가야 한다.

　주먹을 꼭 쥐고 태어났다가, 주먹을 모두 펴고 빈손으
로 가는 것이 우리네 인생이 아니던가.

　스님이 하신 것처럼 그렇게 세상을 살면서 내 소유가
어디 있겠는가.

　그래서 스님이 더욱더 그리워진다.

하얗고
반듯하게
놓여진
스님의 고무신

운문사

파르라니 깎은 머리, 밀짚모자에 감추옵고

법정스님은 길을 나선 김에   말빛을 갚으러 경북 청도
운문사에 간다고 했다. 나도 그곳으로 간다.
경북 청도는 묘한 매력을 지닌 곳이다.
많은 여행지를 다니다 보면 유독 눈에 띄는 곳이 있는 것처럼
이곳 청도는 뭔지 모를 아득한 추억마저 되새김질하게 만드는
그런 힘을 지닌 곳처럼 정겹게 느껴진다.

실제 청도를 찾기 전에도 청도하면 문득 시간을 멈춘
채 과거로의 여행을 시작하게 하는 것과 같은 그런 느
낌을 받곤 했다.

4월의 봄에 찾은 청도는 온통 색의 잔치가 펼쳐져 있
었다. 4월 중순을 지나고 있어 이미 벚꽃은 지고 있었지
만 파란 보리밭과 복사꽃의 분홍빛들이 연출하는 색의
잔치에 온통 빨려 들어갈 것만 같다.

청도하면 또 하나 소싸움으로 유명한 도시가 아니던가.

전국의 내로라하는 싸움소들이 이곳 청도에 모여 한
바탕 힘자랑을 펼치기도 하는 곳. 그래서 그랬을까?

'호거산운문사'
편액이 걸린 산문 입구

청도는 아늑한 그리움과 함께 힘과 패기가 있는 불굴의 의지력이 있는 고장이라는 생각이 든다.

그래도 뭐니해도 경북 청도하면 가장 먼저 떠오르는 곳이 비구니 사찰 운문사이다.

비구니들이 수양하는 천년고찰이기도 하며, 여승의 승가대학까지 품은 사찰이기에 깊고 닫혀서 더욱 아련한 마음이 가는 곳이다.

경상북도 청도군 운문면에 자리 잡은 이곳 운문사는 이름에서 느껴지듯 구름과 하나된 모습으로 천년의 세월을 지킨 비구니 도량이다.

주변의 운문산, 가지산, 비슬산, 화악산, 삼성산 등으로 겹겹이 둘러 쌓여 있는 탓에 구름이 벗어나지 못하고 머물고 있는 것일까?

고속도로를 타고 경산 IC로 빠져나와 운문사까지 가는 길은 감탄사를 자아내기에 충분했다.

적당히 꼬불꼬불한 산길이 운치를 더해주고 있고, 깊

은 골짜기와 잔잔한 호수, 그리고 푸른 빛이 서서히 물들고 있는 산들의 고즈넉한 정취는 여행자의 마음을 설레게 한다.

길가의 초목들과 벚꽃의 가로수 길은 마치 피안의 세계를 향해 가는 듯 포근했다.

그만큼 운문사로 가는 길은 아름다웠다.

그러나 그 길도 아름다웠지만 아마 한국 사찰의 백미를 말할 때 너 나 할 것 없이 추천하는 절이 바로 운문사가 아닌가 한다.

특히 이 절은 꽃이 활짝 피는 봄날 아름다운 자연경관과 어우러져 산사의 미를 한껏 뽐내고 있는 마치 어여쁜 여인네 같은 모습을 담고 있다.

호거산으로 둘러싸인 운문사.

나지막한 평지에 호랑이 한 마리가 조용하게 낮잠을 즐기듯 무척 평화스러운 분위기를 자아낸다.

그래서 호거산일까?

"이번 주말엔 어디로 여행을 떠나세요?"

"경북 청도 운문사에 다녀오려고요."

낮은 담장아래 살그머니 보이는 운문사 가람

"그 아름다운 절을요? 그곳에 가시거든 꼭 소나무 숲 길을 거닐어 보세요."

여행을 출발하기 전날, 주변에서 해준 말이다.

아마 운문사를 찾았던 사람들은 절 입구의 소나무 숲 속 길을 잊지 못할 것이다.

그곳엔 아름드리 소나무가 우거진 솔숲을 이루고 있다.

이 솔숲은 운문사에 들어가는 첫 관문으로 신선한 산 공기에 섞여 온몸을 휘감는 그윽한 솔향기는 다섯 시간 을 서울에서부터 달려온 여행자의 피로를 말끔히 가셔 줄 만큼 청량했고 향기로웠다.

약 600m 되는 솔숲 길을 걷는 것만으로도 벌써 마음 은 참선을 한듯 차분해진다.

어쩌면 운문사로 들어오기 전 속세의 아픔과 고통을 다 벗어 던지고 운문사로 들어오라고 만들어놓은 듯한 솔숲인지도 모르겠다.

운문사 절까지는 불과 20분 거리이다.

어느새 운문사에 도달하고 보니 왔던 길을 되돌아가 고 싶어지는 욕심까지 생긴다.

그렇게 아름다운 소나무 숲길이었다.

운문사가 보인다.

봄날 따스한 햇살에 드러난 사찰은 낮은 담장너머 부

끄러운 듯 살그머니 고개를 숙인 양 포근하게 보였다.

담장 너머 텃밭에서는 비구니 스님들이 허리를 굽히고 씨앗을 뿌리고 있다.

'호거산운문사' 라는 현판이 걸려 있는 범종루를 들어서면 바로 경내이다.

1층의 문이 운문사의 정문이기도 한 범종루는 2층 누각이다.

1층은 운문사의 정문이기도 한 범종루의 2층 누각

생소(生疎)하다.

이렇게 규모가 큰 절인데도 일주문도 없고, 범종루가 대문을 대신하고 있다. 이 범종루는 법고와 범종, 그리고 목어 또 운판의 네 가지 사물을 안치하고 있다.

이 네 가지 사물은 조석 예불 시에 울리는 것으로, 법고는 네발 달린 축생, 운판은 허공에 날아다니는 중생, 목어는 수중의 모든 생명, 범종은 지옥과 천당 등을 모두 아우르는 일체 중생들의 성불을 발원하며 울린다.

곧 이 소리는 각각의 인연 닿는 중생들에게 부처님의 법음으로 전해지기도 한다.

그 범종루를 지나 경내로 들어선다.

비구니 승이 있는 운문사.

경내로 들어서는 나의 마음도 설레고 또 정결해진다.

하늘이 보이지 않을 만큼 빽빽한 솔숲과는 달리 경내로 들어서면 꽃의 천국이라고 불러도 좋을 만큼 봄꽃이 지천으로 깔려 있다.

여성스럽다.

하긴 비구니들도 여성이 아니던가.

오랜 세월의 깊이를 알려주는 벚나무가 경내 입구까지 터널을 이루고 있다.

꽃비가 내리고 있었다.

범종루 오른쪽에 있는 붉은 홍매가 서로 어깨를 맞대고 봄의 아쉬움을 달래주고 있다.

운문사는 신라 화랑의 정신적 발원지이기에 더 소중한 곳으로 기억되는 곳이다.

운문사가 창건된 때는 신라 진흥왕 21년인 560년이지만, 다시 진평왕 30년인 608년에 원광국사가 중창하였다.

학교 다닐 때 국사 시간이면 달달 외우기도 했던 세속오계를 화랑에게 알려준 바로 그 유명한 국사이다.

원광국사는 이곳 운문사에서 화랑 추항과 귀산에게 삼국통일의 기반이 된 화랑정신인 세속오계의 가르침을 내려주었다. 세속오계는 나라에 충성하고, 부모에게 효도하고, 벗을 믿음으로 사귀고, 죽이는 일을 삼가고, 싸움에 물러서지 않는 정신을 말한다.

오래전 이곳 운문사는 신라 시절 젊은 낭도들의 터전이기도 했다.

운문사는 신라 때 창건 당시에는 강건함을 상징하는 화랑도들의 무예 닦는 소리가 온 산을 쩌렁쩌렁 울리던 절집이었지만 지금은 낭랑한 비구니들의 불경 읽는 목소리가 대신하고 있다.

다시 천천히 안으로 들어간다.

밀짚모자를 쓰고
뜰일에 열심인 비구니 스님들

~사하게 봄꽃이 피어있는
~문사 전경

비구니들이 수양하는 천년고찰답게 여기저기 비구니들이 일하고 있다.

경내에서 이렇게 가깝게 또 많이 승려를 볼 수 있다는 것도 이채롭다.

길섶에서 만나는 비구니 스님들은 모두 수줍은 얼굴이다. 밀짚모자에 살그머니 드러난 눈빛이 자비롭고 선하다.

볕이 따사로운 봄날이었지만 일을 하면서 땀을 훔쳐내는 모습이 정겹고 아름답다.

스님들은 말이 없다.

지나가면서 만나게 되면 살그머니 미소만 띄울 뿐이다.

가볍게 두 손을 모으고 인사를 건넨다.

운문사 안은 잘 가꿔진 정원이다.

어디서나 셔터를 눌러대도 아름다운 그림 한 장면이 담겨 나온다.

그리 크지 않은 절이지만 또 그렇다고 작지만도 않은 절이다.

다른 사찰과 달리 운문사 경내는 평지와 다름없는 평편한 땅이다.

힘들게 올라가야 하는 경사도 없어 천천히 거니는 발걸음도 가볍다.

운문사에서 맨 처음 만나는 것은 소나무이다.

경내에 들어서자 500년 노송이 반겨주고 있다. 만세루 옆의 땅으로 길게 가지를 뻗친 500년 넘은 처진 소나무이다.

어느 선사가 이곳을 지나다가 시들어진 나뭇가지를 꽂아둔 것이 뿌리를 내렸다고 전해지고 있는 이 소나무는 경내 한쪽을 가득 메울 정도로 가지가 늘어진 모습에 '처진 소나무'라는 이름이 붙었다.

표현이 정말 제격이다. 전체적으로는 연꽃을 닮았다고 한다.

온몸으로 기도를 올리는 모습을 하고 있는 양, 소나무

500년 넘은 술을 먹는 주송 '처진 소나무'

의 모든 가지가 땅으로 처지면서 마치 엎드려 무릎을 꿇고 있는 모습이다.

겸허하면서 자비로운 모습이 아닐 수 없다.

천연기념물 제180호로 지정된 이 소나무는 줄기가 우리 팔로 두 아름이나 되고 나무 그늘아래 2백여 명이 앉아 햇볕을 피할 수 있을 만큼 큰 소나무이다.

하지만 이제 그 소나무를 보호하기 위해 보호철책이 쳐져 있어 그늘아래 햇볕을 피할 일은 없어진 셈이다.

이 500년 된 노송은 1년에 두 번 술에 취하게 된다.

법정스님은 이 소나무를 '주송' 이라 불렀다.

술을 마시는 소나무.

그 소나무는 해마다 봄과 가을로 막걸리를 열 말씩이나 먹는다고 하니 주량이 참 대단하다.

소나무의 기운을 보충하기 위해서라고 하는데, 스님은 주신인 박카스도 이 소나무를 부러워할 거라고 했다.

강당 건물로는 규모가
가장 크다고 하는 만세루

소나무 바로 옆엔 '만세루' 가 자리 잡고 있다.

사방이 뻥 뚫려 있는 정말 큰 누각으로 마치 커다란 대청마루 같다. 조선 초기 형태의 강당 건물로는 가장 큰 규모라고 한다.

지금의 만세루 건물은 1105년 원응국사가 3차 중창할 때 만든 것이다.

사찰에서의 누각건물은 큰 법회 시에 대웅전에 들어가지 못한 대중들이 대웅전을 향하여 법회에 참석할 수 있도록 만든 건물로, 이곳 운문사 만세루는 200여 평의 넓은 공간을 누각으로 조성하였다.

절에 있는 누각치고는 그 넓이가 으뜸가지 않을까라고 이곳을 찾았던 법정스님은 말씀하셨다고 하는데, 정말 그랬다.

이곳에 슬쩍 걸터앉아 다리품을 쉬어간다.

사방을 통해 시원하게 불어오는 호거산 산바람이 상큼하다.

어린아이들은 이곳에서 부처님의 말씀을 듣고, 비구니들은 이곳에서 북치는 법을 배운다.

때론 그곳에 메주와 무말랭이를 내걸기도 하는 등 다목적 용도로 활용하고 있다.

운문사에는 대웅전 건물이 두 개이다.

오래전부터 대웅전으로 사용되었던 비로전과 몇 년 전에 새롭게 만들어진 대웅보전이다.

먼저 새롭게 지어진 큼지막한 대웅보전을 찾는다.

스님들이 조석 예불을 드리는 주법당인 대웅보전

　1994년 새롭게 지어진 웅장한 건물로 운문사에서 이제 대중 스님들이 조석 예불을 모시는 주법당이 되었다. 새롭게 지어진 건물이라 좀 색다르다.

　오래된 느낌이 없어 조금은 어색한 기분이 드는 것은 솔직한 표현일 듯싶다.

　이 건물이 지어지기 전까지 대웅전으로 사용되었던 비로전을 찾았다. 새롭게 지어진 대웅전보단 훨씬 작은 규모임에도 세월의 흔적을 찾을 수 있어 더 정겹다.

　고려 숙종 10년인 1105년에 원응국사가 건립하였다고 전하며, 조선 효종 때인 1653년에 중창한 것으로 보인다.

　정면 어간에 꽃살문을 새겨 부처님께 시들지 않는 꽃 공양을 올리고 있으며, 보물 제835호로 지정되어 있는 문화재이다.

운문사의 또 다른
대웅전인 비로전

현재의 대웅보전을 짓기 전, 운문사의 중심적 역할을 하였으며 문화재청 등록 당시 '운문사대웅보전'이라는 이름으로 등재되었기 때문에 아직도 옛 현판을 그대로 사용하고 있다.

결국 운문사에는 대웅전이 두 개인 셈이다.

법당엔 청정법신 비로자나불이 모셔져 있다.

법정스님은 고색창연한 탱화를 뒤로 하고 단 한 분의 불상이 널찍한 탁자 위에 모셔진 이곳 법당을 불상이 여럿이 아니고 한 분이기 때문에 단출해서 좋다고 하셨다.

그런데, 가만히 불상을 들여다보면 절을 자주 찾을 때마다 봐왔던 그런 불상과는 많이 틀리다.

대개의 좌불상은 가부좌가 아니면 미륵반가사유상처럼 반가인데, 이 불상은 오른쪽 발이 왼쪽 다리 위에 올려져 있지 않고 삐쭉이 앞으로 맨땅 위에 내려져 있고

비로전의 편안하고 여유로운 모습의
불상 '비로자나불상'

발가락도 하나하나 다 드러나 있다.

불상이지만 생동감마저 돈다.

여러 절을 다니면서 많은 불상을 대해왔지만 이 불상
과 같이 앉아 있는 모습은 처음 본다고 스님은 말씀하
셨다.

발이 저려서 슬그머니 한 발을 내려놓은 것이 아닐까?

이번엔 또 다른 누각 관음전에 가본다.

운문사의 많은 요사채 중 가장 오래된 건물이 바로 이
곳 금당이 있는 곳이다.

금당이란 '부처님을 모신 전각'을 의미한다.

지금의 건물은 1105년 운문사 3차 중창 당시 원응국
사가 괴목으로 건축하였던 것을 지금까지 꾸준히 잘 보

존하여 사용하고 있다.

그 앞에 있는 자그마한 누각인 작압전.

운문사 이전의 절 이름인 대작갑사의 유래를 알게 하는 유일한 건물인 이 작압전은 전면 측면이 모두 한 칸에 불과한 운문사에서 가장 작은 누각이다.

삼국유사에 의하면 한 스님이 중국에서 유학을 마치고 돌아와 신비로운 새 떼가 날아오른 것을 본 자리에 이르러 암자를 짓고 수행하여 큰 도를 이루었다고 한다.

그 스님이 처음 새를 보고 이른 터에는 무너진 석탑이 있어서, 무너져 있는 석조물로 다시 탑을 쌓으니 파편이 모자라지도 남지도 않는 것을 보고 좋은 징조로 여겼다고 한다.

그가 깨달음을 얻은 뒤 절을 짓기 시작하였는데, 동쪽에 가슬갑사, 남쪽에 천문갑사, 서쪽에 대비갑사, 북쪽에 소보갑사를 짓고 중앙에 대작갑사를 창건하였다. 이 다섯 사찰을 두고 오갑사라 한다.

작압전은 이 스님이 발견한 석탑 터에 지어진 전각으로, 보양국사가 전탑형식으로 처음 지었으나 임진왜란 때 소실된 이후 현재의 목탑형식으로 다시 지어졌다. 내부에는 보물 제317호 석조여래좌상과 318호 사천왕 석주를 봉안하고 있다.

석조석가여래좌상은 작압전에 봉안된 통일신라 말기의 불상으로 화강암으로 조성되었고, 부처님을 봉안한 좌대와 광배가 모두 갖추어진 완전한 불상으로 불상 높이가 63cm이다.

또 사천왕 석주는 통일신라시대에 조성된 것으로 추측되며, 특히 사천왕을 석주로 만든 그 예가 드물어 높은 가치를 인정받고 있다.

사천왕은 대부분 사찰의 일주문을 지나면 웅장한 거상으로 서 있었는데, 아마 작압전의 석가여래좌상이 그 아담한 크기에도 권위와 무게를 더하는 이유는 사천왕 석주가 사시사철 보호하고 있기 때문일 듯싶다.

이 운문사 작압전에 모셔진

석조여래좌상과 사천왕 석주는 모두 보물로 지정되어 있다.

이제 오백전 누각을 만난다.

이 누각은 주불로 석가모니불과 좌보처 제화갈라보살, 우보처 미륵보살과 오백나한상을 모신 전각이다.

나한 신앙은 중국으로 건너오면서 신앙의 대상으로

운문사
오백전 전경

전환되어, 16나한, 500나한, 1200나한 등으로 다양하게 규정되었는데, 우리나라에서는 16나한과 500나한이 일반적이다.

500이라는 숫자는 다음 생에 성불할 것을 부처님으로부터 수기 받은 제자 500인에서 연유하였다.

운문사 오백전에 모신 오백나한은 자유분방한 모습을 하고 있는데, 특히 운문사에서는 오백나한 한 분 한 분께 각각 공양을 올리는 오백미 공양이라는 독특한 전통이 오래전부터 전해 내려오고 있다.

이곳 오백전 현판은 경남 양산 통도사 구하스님이 86세에 쓰신 글씨로 서체가 시원시원하고 일품이다.

다시 만세루와 대웅전 뒷길로 발길을 옮기면 개나리와 진달래가 수줍게 고개를 내밀고 피어 있어 다시 한 번 꽃의 천국으로 들어온 것을 환영하는 듯했다.

이처럼 운문사에서는 이맘때면 봄꽃들의 향연이 펼쳐져 해마다 사람들의 발길이 끊이지 않는다.

이곳이 얼마나 아름다우면 『나의 문화유산 답사기』를 쓴 유홍준 교수도 "은퇴한 뒤 운문사 앞에서 여관이나 하나 치어 살고 싶다" 하며 운문사의 아름다움을 극찬했

비구니 사찰답게
아름답게 잘 가꾸어진
운문사 전경

을까.

운문사는 비구니 승가대학인 만큼 배우고 있는 학승들의 일상을 잠시 엿볼 수 있는 것도 특별하다.

현재 대략 260여 명의 비구니 스님들이 이곳에서 경학을 수학하고, 계율을 익히고 있으며, '하루 일하지 않으면 하루 먹지 않는다.' 라고 하는 백장 청규를 철저히 실천하고 있다.

이곳 운문승가대학은 국내 승가대학 가운데 최대의 규모와 학인 수를 자랑하고 있다.

비구니 스님들이 머무는 도량이라 분위기는 언제 보아도 한없이 정갈하고 단아하다.

여기서 한때 삼국을 호령했던 화랑의 상무정신을 짐작하기란 쉽지 않은 일이다.

또한 이 운문사는 1277년 운문사 주지가 된 일연스님이 4년 동안 머물면서 겨레의 위대한 유산인 『삼국유사』를 집필하였던 곳으로 유명하다.

일연스님은 당대에 존경받았던 뛰어난 고승일 뿐만 아니라 우리 고대사 연구에 없어선 안 될 중요한 사료인 『삼국유사』를 쓰셨다.

스님은 1206년 이곳 운문사와 그리 멀지 않은 경북 경산시 압량면에서 태어났다.

어머니 이 씨가 3일간 해가 집안으로 들어와 배를 비추는 꿈을 꾼 후 태기를 얻고 그를 낳았다고 하며, 아홉 살 때에 당시로써는 엄청나게 먼 길이었을 전라도 광주에 있는 무등산의 무량사를 찾아가서 글공부를 시작하였는데 총명하기가 이를 데 없었다고 한다.

5년 후 14세 때에 가지산문을 일으킨 도의선사가 세운 진전사로 가서 삭발하고 구족계를 받았으며, 여러 절을 두루 돌아다니면서 공부하는 동안에 그의 평판은 날로 높아졌다.

그 일연스님께서 일흔두 살 되던 해에 왕명을 받들어 운문사로 거처를 옮겨 4년을 머물렀다.

당시 운문사는 지금처럼 비구니 사찰이 아니었는데, 이곳 운문사에서 일연스님은 본격적인 삼국유사의 집

필 작업을 시작하였다.

하지만 충렬왕 7년 일연스님 나이 76세 때 다시 왕의 부름을 받고 경주를 거쳐 왕을 따라 개성으로 올라가, 충렬왕 9년인 1283년에 일흔여덟 되던 해 국사로 책봉되었다.

옛 기록에 의하면 운문사의 절 동쪽에는 일연선사의 행적비가 있었다고 하나 아쉽게도 지금은 찾아볼 수 없다.

그래서 그럴까?

삼국유사에 이곳 운문사와 관련하여 길고 자세하게 많이 써놓았다.

오래전, 하버드 전 주한미국대사 부인이 미국으로 돌아간 뒤 한국에서 가장 기억에 남는 것 하나를 꼽으라고 하자 '운문사에서 보낸 하룻밤'이라고 했다고 한다.

경북 청도 운문사를 찾은 이들은 운문사의 아름다움을 떠나 절 경내에서 정갈한 가사 장삼 사이로 파르라니 깎은 머리 반짝이는 여승들을 바라보고는 흠뻑 반하고 말았으리라.

비구니들의 사찰인 만큼 사찰 안팎에서는 비구니들의 생활상이 엿보인다.

다소곳이 놓인 고무신, 부엌에 가지런히 놓인 집기 등이 나도 모르게 눈길이 간다.

　　운문사를 다 둘러볼 수 있는 것은 아니다.

　　운문사 곳곳은 비구니 수량전으로 일반인의 출입을 철저히 금하고 있다.

　　점심때 운문사 가까운 곳에서 식사를 했다.

　　서울말투를 듣고 식당 주인이 물어 온다.

　　"어디에서 오셨어요?"

　　"서울에서 이른 아침에 내려왔습니다."

　　"왜요?"

　　"운문사를 다녀가려고요."

　　"운문사와 특별한 인연이 있으신가 보죠?"

　　"아닙니다. 법정스님께서 쓰신 책을 읽다 보니까 그

비구니 승가대학이 있어
일반인의 출입을
금하는 도량구역

절 이야기가 나와서 한번 다녀가려고요."

"법정스님 책 많이 읽으셨나 보네요."

"그렇게 많이 읽진 못했지만 십여 권 가지고 있습니다."

주인은 방으로 들어가 법정스님 책 세 권을 가지고 나온다.

"한 권 골라 보실래요? 저도 법정스님의 책을 좋아하는데, 이것도 인연인데 한 권 드리고 싶어서요."

그 책 중에 『무소유』가 있었다.

망설임없이 그 책을 선택했다.

그 분의 말대로 이러한 만남도 불가에서 말하는 인연이 아니던가.

"혹시 운문사 다녀오셨으면 사리암 다녀오셨나요?"

"왜요?"

"사업하시는 분들이라면 꼭 그 사리암을 찾아 기도를 드린답니다. 그렇게 하면 하는 사업이 번창한다고 해요."

탐욕 부리자 쌀 대신 물이 나왔다고 전해지는 암자가 바로 사리암.

이곳 운문사가 있는 호거산까지 왔다면 사리암을 놓치지 말아야 한다.

운문사에서 동남쪽으로 차로 2~3km를 간 뒤 다시 가파른 산길을 30~40분을 걸어 올라가면 만날 수 있는 작은 암자이다.

이 사리암은 암벽 위 천태각에 모셔진 나반존자에게 기도하면 효험이 많다고 하여 사시사철 정성을 드리는 사람이 많다.

나반존자는 석가모니가 열반에 든 뒤 미륵불이 출현할 때까지 중생의 복 밭이 되겠다며 말세를 지키고 있는 보살이다.

사리암의 천태각 아래 사리굴에선 한 사람이 살면 한 사람 먹을 쌀이 나오고, 둘이 살면 두 몫의 쌀이 나왔다는 전설이 내려오고 있다.

그런데 어느 날 한 스님이 한꺼번에 많은 쌀을 얻으려고 쌀이 나오는 구멍을 쑤시자 그때부터는 쌀이 나오지 않고 물이 나왔다는 전설이 전해져 내려온다.

욕심 때문이리라.

시간이 늦었다.

이젠 다시 서울로 올라가야 한다.

다음날엔 또 바삐 일상 속으로 빠져 들어 자연스럽게 잊게 되지만 그래도 산사를 찾으면 그때마다 한 번씩

내 뒤를 뒤돌아보게 된다.

잠시나마 이곳 '운문사'를 찾아 내 마음속 어두운 구름을 걷어버리는 소중한 시간들.

차분한 마음으로 천천히 경내를 빠져 나온다.

계절을 잊어버린 봄 날씨.

4월인데도 덥다.

법정스님도 예전 이 운문사를 찾을 땐 아랫마을 가게에서 얼음과자를 세 개씩 사드시고 한낮에 운문사를 떠나셨다고 하는데, 나도 얼음과자를 하나 사먹어 봐야겠다.

화엄사

각황전 계단에서 작은 깨달음에 물들다

법정스님은 화엄사 각황전 서남 쪽 언덕 위에 있는 연기조사와 그의 어머님의 이야기가 담겨진 불탑을 보고 이 모자간의 믿음이 지극하고 온화한 모습과 마주 대하는 것만으로도 수백리 밖에서 찾아갈 만한 절이라고 했다.

전남 구례를 찾을 때면 늘 설렌다.

예로부터 구례는 '세 가지가 크고 세 가지가 아름다운 땅'이라고 하여 삼대삼미의 고장이라 했다.

삼대는 지리산, 섬진강, 구례 들판을 말하고 있고, 삼미는 수려한 경관, 넘치는 곡식, 넉넉한 인심을 말한다.

'대화엄성지'를 알리는 길가 표지석

구례 가는 길은 아름다웠다.

벚꽃과 매화가 있는 길을 따라간다.

구례는 지리산과 섬진강이 낳은 수려한 자연환경의 고장이다. 이곳은 언제 가더라도 자연의 아름다움을 만끽할 수 있다.

봄이면 섬진강 강변도로에 화사한 벚꽃이 만개하고

천년고찰 화엄사의 아름다운 전경

여름이면 계곡마다 짙은 신록, 또 가을이면 붉게 타는 만산홍엽과 겨울에는 순백의 하얀 눈꽃이 장관을 이룬다.

더군다나 그곳엔 한반도의 어머니 산이라고 불리는 명산 지리산이 있다.

영험한 기운의 지리산은 삼국시대에는 불교의 탯줄이었고, 그 지리산의 너른 품엔 내로라하는 절들이 자리 잡고 있다.

구례의 화엄사, 하동의 쌍계사, 남원의 실상사, 산청의 내원사 등이 바로 그곳 명찰이다. 이중에서 가장 크고 장엄한 사찰은 구례의 화엄사일 것이다.

새벽에 서울에서 출발한 차량은 네 시간을 달려온 끝에 '지리산의 여의주' 라고 하는 화엄사에 도착했다.

돌담과 어우러진
'지리산화엄사' 일주문

벚꽃터널이 장관을 이룬 길을 따라 화엄사를 찾았다.

건물의 웅장함에 탄성이 절로 난다.

빛바랜 단청 목조건물, 이끼 묵은 돌탑에서 세월의 진득함이 묻어난다.

바람이 처마 끝을 스치자 풍경소리가 바람의 방향을 따라 파문처럼 퍼진다.

일주문에서 대웅전까지 일직선으로 배치된 여느 사찰과 달리 모든 건축물이 태극 형상을 이루고 있는 것이 화엄사의 특징이다.

화엄사는 신라 진흥왕 5년인 544년에 연기조사가 창건한 이후 오늘에 이르기까지 의상, 도선 등 수많은 고승들이 머무르면서 "우주의 모든 사물은 모두가 끝없는 시간과 공간 속에서 하나로 융합하고 있다"는 이른바 화엄사상 구현을 위해 힘써온

명찰로써 우리나라 화엄종의 중심사찰로 자리 잡고 있다.

이곳 화엄사의 일주문은 다른 사찰의 일주문과는 달리 마치 양반집 솟을대문처럼 생겼다.

이 문을 들어서면 국보와 보물이 즐비한 화엄사 경내로 들어서게 된다. 보물의 땅으로 들어가면 자신도 곧 보물이 됨을 느끼게 된다.

매번 절을 찾으며 느끼는 소감이지만 절은 보물과 유물의 보고라는 생각이다.

화엄사의 넓은 경내 대부분 전각과 탑이 국보이자 보물 그리고 유물임을 알게 되면 이곳이 찬란한 불교문화의 보고임에 벅찬 감동을 느끼지 않을 수 없다.

정남향으로 나 있는 일주문을 지나 왼쪽으로 조금 구부러진 길을 따라 들어가면 금강문이 나오고 이 문을 지나면 천왕문에 다다른다.

절을 찾을 땐 아마 다 알고 있을 것이다.

천왕문에 서 있는 네 개의 천왕들을.

이 천왕들은 동서남북의 네 방위를 수호하는 수호신으로 절의 경내 안에 들어오는 잡신들을 경계하는 역할을 하고 있다.

그뿐만 아니라 이들 천왕들은 모든 사람들이 이 문을

통과할 때 사람들이 절에 드나들만한 자격이 있는지를 심사하는데, 먼저 '배고픈 자에게 먹을 것을 준 적이 있는가, 그리고 길 잃은 자에게 길을 알려준 적이 있는가, 또, 위험에 처한 사람을 내 몸을 바쳐 구해준 적이 있는가' 등을 물었다고 한다.

다른 사찰과 달리
옆으로 들어가는
화엄사 '보제루' (위)

아래층의 넓은
마당과 위층의
전각들로 차별화한
화엄사 경내 (아래)

이 천왕의 역할을 알고 있다면 절을 찾을 때 나는 이 사천왕문을 통과할 자격이 있는지 한번쯤 자신을 반성해보는 시간으로 삼는 것도 괜찮다.

천왕문을 지나면 이제 화엄사 경내로 들어선다.

제일 먼저 보제루에 이르게 된다. 대개 절에 있는 보제루는 그 아래를 통과하여 대웅전에 이르게 되는데 화엄사의 보제루는 옆으로 돌아가게 되어 있다.

이 보제루를 통하여 안으로 들어가게 되면 계단처럼 층진 넓은 공간이 나온다.

아래층 마당 형태의 공간에 동서 두 개의 탑이 사선방향으로 서 있다.

동쪽 탑보다 한단 높은 위에 대웅전이 있고, 서쪽 탑의 윗부분에는 각황전이 있다.

동, 서 오층석탑의 단아한 자태를 보고 살그머니 두 손을 모은다.

다시 가파른 돌계단을 올라간다.

정말 오래된 듯 빛바랜 단청과 우람한 몸집이 찾는 이들을 압도하고 있는 각황전이 두 눈에 가득 들어오게 된다.

각황이란 부처님을 깨달음의 왕이란 뜻으로 부른 말로 각황전은 화엄사가 내놓는 자랑거리이다.

정면 7칸, 측면 5칸의 팔작지붕인 각황전은 우리나라

우리나라에 현존하는 목조건물 중 가장 큰 건물인 각황전

에 남아있는 목조건물 가운데 가장 큰 규모로 이렇게 크게 만든 이유는 지리산의 굳센 맥을 누그러뜨리려고 세운 것이라 한다.

각황전은 밖에서 보면 2층이지만, 안을 살짝 들여다 보면 하나의 층으로 터져 있다.

대부분의 사찰이 절에서 가장 위엄 있고 중심이 되는 법당이 대웅전이지만 이곳 화엄사에서 가장 위엄 있는 법당은 대웅전이 아니라 각황전이다.

큰 법당이지만 단청은 일부만 했다. 그나마도 희미해서 더 정감이 가고 따스한 느낌이 절로 든다.

여러 곳의 절을 다녀보았지만 많은 사찰들이 진하게 단청을 해놓은 옛 절 집을 볼 때가 있다.

오방색으로 치장한 단청을 볼 때마다 감동보다는 뭔가 어색하고 눈살을 찌푸리게 만든다.

각황전의 받침돌도 새로 바뀜이 없이 그대로였다. 어느 사찰 받침돌은 빛바랜 단청 건물에 잘 갈아 만든 대리석 바닥으로 반들반들해서 영 어색했다.

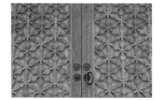

삭은 목질과
그 형태가 그대로
드러난 꽃문양의 문살

각황전 문살을 바라본다.

법정스님도 옛 절의 문살

을 보고 있으면 마음이 참으로 편안해진다고 했다.

단순하고 소박한 그 짜임새가 인간의 본성과 일치하고 있어 그러할 것이라고 하는데, 법정스님도 각황전의 문은 교살과 정자살의 복합으로 되어 있고 또 단청 빛이 바래져 알맞게 삭은 목질과 그 형태가 그렇게 천연스러울 수 없다고 감탄했었다.

각황전 바로 앞에 있는 석등을 본다. 이 석등은 통일신라 불교 중흥기의 찬란한 조각예술의 진수를 보여주고 있어 국보로써 특별히 보호되고 있다.

석등 옆의 홍매화도 화엄사의 또 다른 자랑거리이다.

조선 숙종 때 장육전이 있던 자리에 각황전을 짓게 되는데, 이를 기념하기 위해 계파선사가 이 매화나무를 심었다고 전해진다.

따지고 보면 300년이 훨씬 넘은 나무인 홍매화이지만 대개는 특유의 짙은 붉은 색이 검게 보여 흑매라고 부르기도 한다.

이 흑매는 나무 등걸이 고풍스럽고 자연스럽게 휘어져 있는 모습이 예전 선인들의 옛 그림에서 한 번쯤 봄 직한 모습이다.

다시 각황전 왼편으로 나 있는 계단을 천천히 올라간다. 계단이 108개나 된다.

백팔이란 수는 고뇌의 상징이다.

동백나무 숲길에 나 있는 계단이 한낮인데도 어둡다.

말 그대로 번뇌와 고뇌의 계단이 되는 셈이다.

그 고뇌의 계단을 올라가면 소나무와 동백나무 숲으로 이루어진 효대라는 언덕이 있다.

그곳엔 화엄사의 또 하나 국보인 4사자 3층석탑이 우뚝 서 있다.

그 석탑은 인간 세상의 희로애락을 상징하는 네 마리의 돌사자가 석탑을 받들고 있고, 돌사자들 한가운데엔 합장을 하고 서 있는 스님 상이 조각되어 있다.

전설에 의하면 이 탑은 화엄사를 창건한 연기조사와

네 마리의 사자들과 합장한 채 서 있는 스님상의 4사자 3층석탑

연기조사 어머니가 앉아있는 석탑과 연기조사의 효심을 표현한 탑

그의 어머니를 담은 탑이란다.

실제 연기조사는 효성이 지극하여 어머니를 항상 생각 하였다. 오른쪽 무릎을 땅에 대고 찻잔을 바치는 조각상이 바로 연기조사이며 맞은편에 위치한 조각상이 연기조사의 어머니 상이다.

법정스님께서는 이 탑을 보고 둥근 얼굴에 눈과 코, 입술의 부조가 선명하여 단아하게 보이는 모습이 오래 오래 발길을 멈추게 한다고 했다.

또 그곳엔 효대에 얽힌 전설만큼이나 오래된 화엄송이란 소나무 한 그루가 있다. 소나무의 수령은 500년이나 되었다고 하니 오랜 세월 풍파를 이기고 살아남은 비장한 느낌마저 준다.

108계단을 따라 내려온다.

각황전 앞에서 앞마당을 내려다본다.

화엄사 앞마당은 다른 절과는 달리 상당히 낮은 위치에 있다. 마치 스탠드 아래 내려앉아 있는 운동장 같다.

그렇게 만든 이유는 신분의 높고 낮음을 떠나 모든 이들이 부처님을 바라보며 기도할 수 있도록 하는 배려의 산물이라고 전해진다.

대웅전의 오른쪽에는 지장보살을 모신 명부전이 자리잡고 있다. 절에서 모시는 것은 부처인데 보살을 모신 전각이 있다는 것은 조금 의아하다.

부처란 '깨우친 분'이고, 보살은 '깨우치기 위해 수행을 하는 사람', 이 지장보살이란 분은 깨우침을 얻어 부처가 되는 도중에 마지막 한 사람까지라도 연옥에서 부처님을 부르는 중생이라면 모두 구하겠다고 하여 한사코 부처가 되기를 거부하고만 분이라고 한다.

이곳 화엄사도 다른 사찰과 마찬가지로 우여곡절을 많이 거쳤다.

가장 큰 우여곡절은 6·25때 이야기며 또한 가장 극적이기도 하다. 바로 6·25 당시 화엄사를 지킨 전투경찰대장 차일혁 총경 이야기이다.

아름다운 만월당과 만월당을 지키는
500년 수령의 화엄송

그는 빨치산 은신처인 화엄사를 소각하라는 상부의 명령을 받지만, 문짝 하나만 뜯어내 태우는 것으로 명령을 대신하고 만다.

"절을 태우는 데는 한나절이면 족하지만 절을 세우는 데는 천 년 이상의 세월로도 부족하다."는 것이 그의 이유였다.

새삼 그의 문화재 사랑에 고개가 숙여진다.

화엄사에서 한참을 머물렀다.

어쩌면 여행은 끝이 없는지도 모른다.

따지고 보면 인생 자체가 여행이기 때문이다.

나그네길에 오르면 자기 영혼의 무게를 느끼게 된다고 했던 법정스님.

결국 낯선 곳을 여행하면서 한 번쯤 인생의 의미를 곰곰이 생각해 보며 새로운 마음을 가져보는 것도 여행의 또 다른 의미가 될 것이다.

이곳 화엄사에서 필자도 그랬다.

직지사

비로전 천불상에서 내 부처를 찾는다

봄은 여행하기에 더없이 좋은 계절이다.
푸름이 더해 가는 나무들 사이로 살그머니 스며드는 봄 햇살이
따사롭고, 그 햇살에 만개한 꽃들의 속삭임도 여행자의 발길을
끌고 있다.
하얀 자두꽃이 유난히 눈길을 끄는 아름다운 곳.

 경북 김천은 주 특산물인 포도 이외에 자두 재배 면적
이 전국에서 가장 넓은 곳이다.

 과일을 좋아해서 그럴까?

 장관을 이루는 꽃을 보며 자두란 이름을 떠올리는 것
만으로도 벌써 달콤새콤한 그 맛에 입 안 가득 침이 고
여 드는 듯하다.

 그런 직지사가 있는 경북 김천에 간다.

 충청도, 전라도, 경상도의 삼도를 접한 황악산 자락에
는 많은 고승들을 배출했고 경내 조경 또한 아름답기로
유명한 천년고찰 직지사가 자리 잡고 있다.

 경부선의 한 가운데 즈음의 추풍령을 넘어서면 만나
게 되는 직지사.

우리나라 어느 곳에서든 두 세 시간 정도면 충분히 다녀갈 수 있는 지리적인 이점도 직지사를 찾게 하는 매력이기도 하다는 생각이 불현듯 든다.

이른 새벽에 서울을 출발해서 김천 직지사에 도착한 것이 아침 9시. 아침안개가 자욱하여 분위기를 더해 주니 주변의 경치가 더욱 아름다웠다.

잘 포장된 길을 따라 산사를 향해 꼬불꼬불 들어간다.

언젠가 김삿갓이 직지사 스님과 '이빨 뽑기' 내기를 하며 지었다는 〈黃鶴〉이라는 시가 떠오른다.

황악화개학두홍(黃岳花開鶴頭紅 – 황악이라는데 꽃이 피어 학 머리가 붉구나)

직지유중노곡하(直指由中路曲何 – 직지라 했는데 산중

꼬부랑길은 웬 말인가)

황학과 직지가 절묘하게 배합된 시에 탄복한 스님이 그 자리에서 이를 뽑아 패배를 인정했다고 하는 일화가 있다.

직지사는 신라 눌지왕 2년인 418년 고구려의 승려 아도화상이 창건했다. 신라 때 처음으로 사찰을 지었다고 하는 경북 구미 해평의 도리사가 지어진 지 바로 이듬해에 직지사는 창건되었다.

직지란 이름은 '마음을 직관함으로써 부처의 깨달음에 이른다'고 하는 '직지인심 견성성불(直指人心 見性成佛)'의 선종 가르침에서 유래되었다.

또 직지사는 아도화상이 구미의 도리사를 창건한 후 김천 황악산을 가리키며 저 산 아래에도 절을 지을 만한 훌륭한 터가 있다고 손가락으로 가리켰다고 해서 '直(바를 직) 指(손가락 지)'라고 했다고도 한다. 한편으로는 고려 초 능여스님이 사찰을 다시 중창하면서 자(尺)를 쓰지 않고 손으로 쟀다는 뜻에서 유래했다고 하는 등 절 이름에 대한 많은 이야기가 전해지고 있다.

산문까지 이르는 넓은 길을 따라 천천히 올라간다.

이른 시간임에도 말린 나물이며 약초를 파는 아낙들

이 벌써 길게 차지하고 있다.

이방인에게 구운 작은 단밤 하나를 건네준다.

"직지사 구경 잘 하고 오이소."

투박한 사투리이지만 단밤의 달콤함처럼 정겨움이 담뿍 담긴 그 한마디에 환한 웃음으로 화답하며 발걸음을 옮긴다.

위풍당당한 '동국제일가람황악산문' 직지사 현판

직지사를 찾는 여행객들이 처음 마주치는 것은 규모가 매우 큰 직지사 산문.

산문 한쪽 옆을 매표소로 쓰고 있어 분위기는 좀 덜하지만 '동국제일가람황악산문(東國第一伽藍黃嶽山門)' 그렇게 쓰여 있는 현판은 위풍당당하기 그지없다.

천천히 경내로 들어선다.

산사로 향하는 산책로에는 울창한 노송과 깊은 계곡의 맑은 물소리가 무척이나 청아하다. 하얀 목련화 곁엔 연분홍빛 벚꽃이 꽃비 되어 흩날린다.

그 아래에 가만히 눈 감은 채 멈춰 서서 꽃비를 맞아

본다. 하나 둘 스치듯 떨어지는 꽃잎이 얼굴을 간지럽히고, 이른 아침 고요한 산사에서 젖어보는 맑은 기운은 무척이나 상쾌하다.

산문을 지나 직지사 경내까지 올라가는 산책로에 만발한 벚꽃

'다친 산짐승들이 생명력을 충전하는 곳'으로도 전해 내려오고 있는 절이다.

예전엔 부근의 산짐승들도 자주 내려왔다고 한다.

아마 산짐승들도 알 수 있을 만큼 불심이 충만한 곳이기 때문일 듯하다.

직지사는 신라불교의 발상지였으며, 또 임진왜란 때는 승병으로 이름을 떨쳤던 호국불교의 성지였다.

더욱이 직지사는 임진왜란의 영웅이자 고승인 사명대사를 배출한 사찰로도 유명하다.

사명대사는 바로 이곳 직지사에서 출가했고, 불과 서른 나이에 이곳 직지사의 주지에 올랐다. 그는 고승이었고, 석학이었으며, 외교관이기도 했다.

그리 높지 않은 소나무가 늘어서 있는 예쁜 산책로가 모습을 드러낸다. 가슴까지 파고드

사명대사의 영정이 모셔진 사명각

139

고 박정희 전 대통령의 친필인
사명각 현판

사천왕문을 지나칠 때면 자신을
되돌아보고 반성하게 된다

는 상큼한 솔향기와 새소리가 여기저기서 들려온다.

마음에 잔잔한 평안함이 스며든다.

이런 상쾌함을 도시에서도 느낄 수 있을까?

정겨운 산책길을 따라 천천히 올라가다 보면 일주문,
대양문, 금강문, 천왕문이 차례로 나온다.

사천왕문 앞은 흐드러지게 핀 벚꽃이 환하게 드리워
져 있어 그 무서움이 조금은 반감했지만, 사천왕의 부
릅뜬 눈, 치켜 올라간 검은 눈썹, 붉고 큰 입의 무서운
얼굴과 발밑에는 마귀들을 밟고 있는 모습이 제법 무섭
다.

이 사천왕은 동서남북 네 방위를 지키면서 도리천의
주인인 제석천의 명을 받아 천하를 돌아다니면서 인간
의 행동을 살펴서 보고하는데 그 앞을 지나치려면 뭔가
들킨 듯 괜스레 움찔하게 된다.

멋스럽게 이어지고 있는 직지사의 돌담을 따라 걷노라면 원색과 웅장한 규모의 건물들이 차례로 보이면서 일렬로 촘촘히 이어놓은 대나무 울타리가 인상적이다.

대웅전 옆으로 멋진 등나무 넝쿨을 스쳐 지나가면 사명각이라 불리는 전각이 있다.

사명대사의 영정을 모신 곳이다.

사명각은 조선 정조 11년에 지어졌고, 사명각의 현판은 고 박정희 전 대통령 친필이라서 더욱 관심을 끌고 있다.

대웅전을 돌아보고 대웅전 왼편으로 길을 잡으면 관음전 앞을 지나 비로전이 나온다.

비로전!!

편액을 한참 바라본다.

법정스님께서 처음 대하자 눈이 번쩍 뜨였다는 바로 그 편액이다.

법정스님께서 극찬하셨던 완월궤홍이 쓴 '비로전' 편액

서산대사의 손상좌 되는 완월궤홍이 쓴 글씨라고 한다. 스님은 어떤 절을 가 봐도 이처럼 훤칠하고 듬직한 글씨는 보지 못했다고 했다.

하긴 글씨를 모르는 내가 봐도 멋지다.

이 편액이 걸려 있는 비로전은 직지사에서 가장 오래된 건물이고 가장 유명한 곳이다. 더군다나 임진왜란 때 일주문 천왕문과 함께 화를 면한 몇 개 안되는 전각이기도 하다.

이곳 비로전에는 그 유명한 천 개의 불상을 모시고 있다는 천불전이 있다. 이 천불전은 과거, 현재, 미래의 삼천불 중 현겁 천불을 모신 곳이다.

나의 불상을 찾을 수
있다고 하는 비로전 천불상

천불상에는 많은 전설을 가지고 있으며 부처의 천 가지 모습을 불상으로 만들었다고 해서 그 모습이 제각기 달라 흡사 사방의 모든 부처님을 모셔놓은 듯 장엄하다. 이 천불상은 고려 초기 경잠대사가 경주 남산의 옥돌로 16년간 빚었다고 하며 이 불상들은 모두 다른 표정들을 짓고 있다.

그 천 개의 불상 중 독특한 불상이 하나 있는데 바로 벌거벗은 동자상이다.

법당에 들어가 첫눈에 이 동자상을 보면 옥동자를 낳는다는 전설이 전해지고 있다. 천 개의 불상 중에서 동자상을 찾기는 쉽지 않으나 중앙에 서 있기 때문에 찾기에 그리 어렵지도 않다.

불경에 의하면 천불 중에는 자신과 인연이 깊은 부처가 꼭 하나 있기 마련이며, 이곳 천불전에 들어가서 절을 한 다음 고개를 들어 천불상을 바라보는 순간 가장 먼저 나와 눈이 맞는 불상이 바로 자신에게 깨달음을 주게 될 부처라고 한다.

사실 천불전은 '누구든지 깨달으면 부처가 될 수 있다'는 대승불교의 근본사상을 상징하는 전각이다.

천불전이 있는 비로전의 문살이 독특하다.

다른 절에서는 볼 수 없는 화사하고 색다른 문살이다.

국화꽃 모양이 아름답고
화려한 비로전 문살

안국동 선학원
건물 일부로 지은
주지스님 거처
명월당

꽃무늬이다. 국화꽃일까?

모양도 예쁘고 단청도 너무 곱고 화사하다.

색이 바랜 문살 하나에도 오랜 역사의 흔적을 가득 담고 있으리라.

비로전 바로 옆 나지막한 담장 너머로는 주지실로 쓰고 있는 명월당이 있다. 법정스님과 인연이 있는 곳.

이 명월당은 본래 서울 안국동에 있던 선학원 건물을 일부 구조를 변경하여 세운 것으로, 선학원 조실 방에서 처음 삭발을 한 법정스님으로선 무심히 지나칠 수가 없었다고 스님의 책 『산방한담』에 소개되어 있다.

다시 걷는다.

돌 조각들이 유난히 많다.

새롭게 단장되어 있는 건물들도 많다.

그러나 단청이 너무 진한 원색이라서 그럴까?

예전 고풍스런 건물과는 다른 자연미가 많이 반감되는 느낌이 든다.

그래도 직지사에서는 천 년의 묵직한 세월을 어렵지 않게 발견할 수 있다.

천 년 묵은 칡뿌리와 싸리나무 기둥의 일주문을 비롯해 통일신라시대 작품인 보물 석조약사여래좌상이 있고, 그밖의 보물로 대웅전 앞 3층 석탑, 비로전 앞 3층 석탑, 대웅전 삼존불 탱화 3폭, 청풍료 앞 3층 석탑 등 소중한 문화재를 간직하고 있다.

직지사는 여느 절과 달리 경내 전체로 이어지는 수로가 있다는 점이 특이하다.

맑은 물 속에 가만히 손을 담가 보기도 하고, 졸졸 흐

성보유물전시관으로
사용 중인 직지사 청풍료

르는 물소리가 마음까지 경쾌하게 해 기분 좋게 산사를 거닐어 본다.

또 직지사는 나가는 길도 일품이다.

길 양옆으로는 높은 돌담과 계곡을 끼고 있는데 휘어진 돌담길은 이곳에서만 구경할 수 있는 자랑거리다.

불가에서 벗어나 속세로 이어지는 이 길을 등지고 천천히 걸어 나오면 왠지 모를 아쉬운 마음에 몇 번씩이나 뒤를 돌아보게 한다. 그 마음을 산중다실에서 차 한 잔으로 가라앉히는 것도 괜찮을 듯하다.

아쉬운 마음도 잠시.

절을 빠져나오면 눈앞에 문화공원이 펼쳐진다.

우리나라에서 가장 키 큰 장승과 여느 조각공원 못지않을 만큼 많은 작품들이 설치되어 있다.

군데군데 설치해 놓은 돌조각 작품에는 유명시인들의 시가 새겨져 있고 아름답게 꾸며놓은 조경은 직지사에서 가졌던 차분한 마음을 다시 북돋아준다.

여행에서 그 지방의 먹을거리를 빼놓는다면 무척이나 섭섭할 것이다.

황악산 주변은 산채 한정식이 유명한데, 직지문화공원 바로 아래에는 깨끗한 식당들이 모인 먹을거리 촌이 있다. 갖은 산나물과 버섯, 비지찌개, 뽀얗게 우려낸 북

어국에 직화로 구워낸 더덕과 불고기까지 한상 가득 차려지는 음식은 여행자의 몸과 마음을 흡족하게 하기에 충분하다.

여행의 또다른 묘미는 지방마다 특색있는 향토음식을 먹어볼 수 있는 것이 아닐까.

직지사 산사 여행 후 맛있는 음식으로 추억하나를 추가하니 김천 직지사는 오래도록 잊혀지지 않는 아름다운 여행지로 기억될 것이다.

길상사

맑고 향기롭게, 도심에서 길을 찾다

　　　　　　　　　　우리 곁에서 새소리가 사라져버
린다면 우리들의 삶은 얼마나 팍팍하고 메마를까?
　새들이 떠나간 숲은 적막하다고 법정스님은 하셨거늘 하물며 스
님이 안 계신 길상사는 적막하기 그지없었다.
　길상사 올라가는 내내 마음이 무겁다.
　불자가 아닌데도 길상사를 자주 찾곤 하지만 텅 빈 듯 길상사는
예전과 달리 고요 속에 쌓여 있었다.

　늘 길상사를 찾으면 마음이 편안했다.

　그래서 많은 이들이 불자가 아닌데도

절을 자주 찾나 보다.

　이런저런 이유로 복잡한 일을 잠깐 떼

어놓고 어디로 머리를 식히고 올까 하는 사람들에게 서

울 성북동에 있는 길상사는 괜찮은 절이다.

　많은 사람들이 사찰을 말하면 대부분 도회지에서 멀

리 떨어진 산사만을 떠올릴 것이다.

　사천왕이 눈을 부릅뜬 채 지키고 있는 일주문을 지나

면 단청으로 치장한 전각 안에 부처님이 모셔져 있는

그런 곳.

그러나 단청하나 없는 수수한 전각 안에 부처님을 모시고 있는 소박한 절이 있다. 그것도 먼 지방의 산 속이 아니라 서울 부자들이 산다고 하는 성북동에 말이다.

그곳에 가면 아담한 담 너머로 이야기를 나누던 옛날 우리 이웃집을 연상케 하는 그런 집들. 그곳이 바로 길상사이다.

길상사가 있는 곳만큼 터가 좋은 곳이 또 있을까?

주변에 여러 나라 대사관저나 으리으리한 부잣집들이 즐비한 것만 봐도 그러하겠지만 언덕배기 위 전망 좋은 남향집은 더욱 그러하다.

이렇게 터가 좋은 곳에 자리 잡고 있는 길상사는 원래 밀실정치의 현장이었던 요정 대원각이었다.

일반주택처럼
느껴지는
편안한 길상사
가람

요정이던 대원각이 길상사로 바뀌게 된 데는 깊은 사연이 담겨 있다.

이 요정 대원각의 주인은 김영한이란 분이다.

김영한 씨와 법정스님의 인연은 1987년으로 거슬러 올라간다.

법정 스님의 『무소유』 책을 읽고 큰 감명을 받은 김영한은 1987년 미국에 체류할 당시 설법 차 미국을 찾은 법정스님을 만나 대원각을 시주하겠으니 절로 만들어달라고 요청한다.

당시 시가로 천억 원이 넘는 큰돈이었다.

하지만 법정스님은 몇 번이나 시주를 받을 수 없다고 사양하다가 1995년 마침내 청을 받아들여 법정스님의 출가본사인 송광사 말사로 길상사를 짓게 된다.

1997년 길상사 창건법회 날 김영한 씨는 법정스님으로부터 염주 하나와 길상화라는 법명을 받았다.

삼각산 아래 고요함이 깃든
길상사 극락전

당시 그녀는 수천 명의 대중 앞에서 "저는 죄 많은 여자입니다. 저는 불교를 잘 모릅니다만, 저기 보이는 저 팔각정은 여인들이 웃음을 파는 곳이었습니다. 저의 소원은 저곳에서 맑고 장엄한 범종소리가 울려 퍼지는 것입니다"라고 불과 몇 마디만을 한다.

언젠가 그녀는 말했단다.

길상사에 기부한 천억 원이 아깝지 않았느냐는 질문에 천억 원은 그 사람의 시 한 줄만도 못하다고 말이다.

그녀가 말한 그 사람, 그는 바로 천재시인 백석이었다.

반면에 김영한, 그녀는 최고의 천재시인 백석이 사랑했던 연인, 자야였다.

20대에 만난 그들은 비련의 연인이었다.

백석은 그녀를 위해 '가난한 내가 아름다운 나타샤를 사랑해서 오늘밤은 푹푹 눈이 나린다.'라고 시작하는 〈나와 나타샤와 흰 당나귀〉란 시를 썼다.

시에서는 슬픔이 느껴지지 않지만 3년 동안 서로를 뜨겁게 사랑했던 그들은 남과 북으로 헤어졌고, 다시는 만나지 못했다.

오다가다 그냥 가면 섭섭해질 듯한 소박한 터

시인 백석은 오산중학교를 마치고 조선일보사 후원의 장학생으로 일본 청산학원에서 영문학을 공부했다.

귀국하여 조선일보사에 입사, 근무하다가 1935년 詩를 조선일보에 발표하면서 문단에 데뷔하게 된다.

예전 대원각
건물이 그대로
길상사
사찰이 된다

얼마 후 조선일보사를 그만두고 만주에서 잠시 머물다 함경남도 함흥 영생여자고등보통학교 영어교사가 되었다.

백석이 자야라고 불렀던 김영한은 16살 때 조선 권번에서 궁중아악과 가무를 가르친 하규일의 문하에 들어가 진향이라는 이름의 기생으로 있었다.

그녀는 교사들의 회식 장소에 나갔다가 영어교사로 근무하고 있던 백석과 만남이 있었고, 그 이후로 두 사람의 사랑은 뜨거워졌다.

하지만 백석의 부모는 기생과 사랑하는 아들을 못마땅하게 여겨 강제로 다른 여자와 결혼시키지만 백석은 몇 번이나 김영한의 곁으로 다시 돌아간다.

결국 부모와 사랑 앞에서 갈등하던 백석은 김영한에게 만주로 같이 도피하자고 설득하지만 김영한은 이를 거절하고 백석 혼자서 만주로 떠나게 된다.

그러나 이때 잠깐의 이별은 얼마 후 남북이 분단되어 다시는 만나지 못하는 영원한 이별이 되고 말았다.

김영한은 한국전쟁 이후인 1953년 중앙대 영문과를 졸업하고 백석에 대한 그리움을 담은 두 권의 책을 내 화제가 되기도 했다.

김영한은 세상을 떠나기 하루 전인 1999년 11월 14일 목욕재계 후 길상사 절에 와서 참배하고 길상헌에서 마지막 밤을 보냈다.

그녀는 자신이 죽으면 화장해서 "첫눈 오는 날 길상사 마당에 뿌려 달라."고 유언을 남긴다.

시와 그리고 사람을 온 가슴으로 사랑할 줄 알았던 그녀의 유해는 유언대로 화장되어 백석이 사랑한 자야를 노래한 시처럼 하얀 겨울에 눈이 하얗게 쌓인 길상사 마당에 뿌려졌다.

그렇게 고결한 사랑과 아름다운 시가 담겨있는 아름다운 절 길상사.

이곳에선 잠깐
말을 잊는다.
침묵의 집

법정스님은 길상사 창건 후 회주를 맡아 정기법회에서 법문을 들려주곤 했다.

그리고 올해 3월 법정스님도 길상사에서 생의 처음이자 마지막 밤을 보내셨다.

요정 대원각이 절로 바뀌었지만 원래 모습을 상당부분 그대로 유지하고 있어 길상사에 들어서면 절이라는 느낌보다는 번듯한 후원을 가진 어느 대갓집에 온 것 같은 느낌이 든다.

삼각산길상사
산문 입구

일주문일까?

'삼각산길상사' 라고 쓰인 큼지막한 문을 들어선다.

최소한 네 개의 기둥이 서야 일정한 면적을 가지는 건물이 만들어지지만 안팎이 없는 두 개의 기둥만으로 세워진 문이어서 일주문이라 한다.

자기와 타인, 또 안과 밖, 옳고 그름이 둘이 아니며 모든 세계가 한마음이라는 의미가 담겨 있다.

이 문을 들어서면 사바세계에서 피안인 열반의 세계로, 또 속세에서 진리의 세계로 들어간다는 뜻이다.

나지막한 언덕이다.

천천히 올라간다.

요정이었던 대원각 건물 그대로 사용한 극락전

울긋불긋 채색된 전각 대신 나무의 결이 그대로 살아있는 기둥과 서까래를 보여주는 기와집이 먼저 눈에 들어온다.

극락전이다.

다른 절에서는 아미타전, 미타전, 무량수전으로 불리기도 하는 아미타부처님을 봉안한 길상사의 본 법당이다. 아미타불은 특히 정토신앙에서 가장 중요하게 모시는 주불로 무량수불 혹은 무량광불이라고도 한다.

절의 중심이라고 할 극락전도 이처럼 소박할 수 있구나 하는 생각에 저절로 고개가 숙여진다.

이처럼 길상사는 대부분 건물을 예전 사용되었던 대원각 건물을 그대로 사용하고 다만, 사찰 기능을 보완하기 위해 2층 구조의 지장전과 범종각을 새로 지었을 뿐이다.

새롭게 지어진 길상사 지장전. 지장보살님을 주존으로 모시고 있는 전각이다.

석가모니 부처가 열반 후 미륵부처가 출세할 때까지 육도의 일체중생을 구제하겠다는 대원력을 세운 보살이 지장보살이다.

일반적으로 지장보살상은 보통 삭발한 머리에 두건을 두른 모습으로 묘사되고 있다.

새롭게 지어진
2층 구조의 지장전 (위)

대규모 설법이
이뤄지는 공간 설법전 (아래)

설법전은 대규모 설법이 이루어지는 전각으로 석가모니 부처님이 주불로 모셔져 있다.

불상 뒤쪽으로는 탱화 대신 천불을 봉안했다.

지금 길상사는 과거 요정이었다는 것이 도무지 믿어지지 않을 정도로 참선 도량의 면모를 풍긴다.

절이면서도 옛 가옥들을 손상시키지 않아 문화재적 가치도 높다.

또 하나 길상사에서 눈길을 끌고 있는 것은 설법전 앞에 있는 관세음보살 석상이다.

가만히 보면 다른 사찰에서 볼 수 있는 석상과 많이 다르다. 어찌 보면 천주교의 마리아상 같기도 해 예사롭지 않다.

천주교 신자인
조각가 최종태 씨
작품인
관음보살상

이 관음보살상은 천주교 신자인 조각가 최종태 씨 작품으로, 법정스님의 요청으로 종교간 화합의 상징으로 세웠다고 한다.

길상사의 행사에 신부나 수녀 등 천주교 성직자들이 자주 참석하는 것과도 무관치 않은 듯하다.

좀 더 경내 안쪽으로 들어가 본다.

극락전 뒤에 길상선원이 있다.

이 길상선원은 재가자들을 위한 시민선원이다.

길상사나 다른 도량에서 일정기간 수련회를 마친 사람에 한해 방부를 들일 수 있다.

스님들이 거처하는 소나무나 벚나무, 대나무 그늘에 방갈로처럼 자리 잡은 요사채는 더욱 수수하다.

겨우 비바람만 가릴 수 있을 정도로 단촐하다.

요사채 사이 골짜기에는 맑은 샘물이 졸졸 흘러내려 마치 깊은 산속 산사의 운치를 더해준다

길상사의 범종각.

이 범종은 법고, 목어, 운판과 더불어 사물 가운데 하나다.

범종은 땅 위와 하늘세계를 울려 인간과 천신을 제도하며, 짐승의 가죽으로 만든 법고는 땅 위의 축생을 제도하고, 물고기의 형상으로 만들어진 목어는 수중의 중

절을 시주한
김영한 씨의 바람처럼
맑고 장엄한 길상사 범종

생을 제도한다.
또, 구름문양이
새겨진 운판은
허공을 나는 새
등의 축생을 제
도한다는 뜻을
각각 담고 있다.

절 뜰엔 꽃들
이 피어 있다.

마치 편안한 도시의 쉼터 같다.

스님이 머물렀던 전남 순천 불일암에는 빠삐용 의자
가 있었는데, 이곳 길상사엔 여기저기 편안히 앉을 수
있는 돌로 만든 쉼터가 마련되어 있다.

서울의 도심 속 일반 주택과 어우러져 있는 길상사.

웅장한 일주문을 들어서는 순간에는 온갖 시름이 사
라졌는데, 다시 도시로 내려가는 마음이 무겁다.

내일 휴일 아침엔 조조 영화라도 한 편 봐야겠다.

법정스님도 조조할인 영화를 즐겨 봤었다.

스님이 조조 영화를 즐겨보셨던 이유는 할인보다는
간단한 절차와 아무 곳이나 앉고 싶은 자리에 편안히
앉아 볼 수 있는 그런 분위기 때문이라고 했다.

아니, 보다 더 큰 이유는 듬성듬성 앉아 있는 그 여유 있는 공간 때문이라고 했다.

영화나 연극을 본다는 것은 단조롭고 반복되는 일상적인 굴레에서 벗어나 색다른 세계에 자신을 투입하여 즐기려는 마음이 있기 때문이다.

오늘같이 무거운 마음이 들 때도 마찬가지 아닐까?

참고문헌

법정 지음, 『무소유』, 범우사, 1999.
법정 지음, 『산방한담』, 샘터사, 2001.
법정 지음, 『버리고 떠나기』, 샘터사, 2001.
법정 지음, 류시화 옮김, 『산에는 꽃이 피네』, 문학의 숲, 2009.

http://www.ssanggyesa.net/
http://www.tongdosa.or.kr/
http://www.haeinsa.or.kr/
http://www.songgwangsa.org/
http://www.unmunsa.or.kr/home/
http://www.hwaeomsa.org/
http://www.jikjisa.or.kr/
http://www.kilsangsa.or.kr/

가림출판사 · 가림M&B · 가림Let's에서 나온 책들

건강도 키우고 성적도 올리는 자녀 건강
김진돈 지음 / 신국판 / 304쪽 / 12,000원

알기 쉬운 간질환 119
이관식 지음 / 신국판 / 264쪽 / 11,000원

밥으로 병을 고친다
허묭수 지음 / 대국전판 / 352쪽 / 13,500원

알기 쉬운 신장병 119
김형규 지음 / 신국판 / 240쪽 / 10,000원

마음의 감기 치료법 우울증 119
이민수 지음 / 대국전판 / 232쪽 / 9,800원

관절염 119
송영욱 지음 / 대국전판 / 224쪽 / 9,800원

내 딸을 위한 미성년 클리닉
강병문 · 이향아 · 최정원 지음
국판 / 148쪽 / 8,000원

암을 다스리는 기적의 치유법
케이 세이헤이 감수
카와키 나리카즈 지음 / 민병수 옮김 /
신국판 / 256쪽 / 9,000원

스트레스 다스리기
대한불안장애학회 스트레스관리연구특별위원회 지음
신국판 / 304쪽 / 12,000원

천연 식초 건강법
건강식품연구회 엮음 / 신재용(해성한의원 원장) 감수
신국판 / 252쪽 / 9,000원

암에 대한 모든 것
서울아산병원 암센터 지음 / 신국판 / 360쪽 /
13,000원

알록달록 컬러 다이어트
이승남 지음 / 국판 / 248쪽 / 10,000원

당신도 부모가 될 수 있다
정병준 지음 / 신국판 / 268쪽 / 9,500원

키 10cm 더 크는 키네스 성장법
김양수 · 이종균 · 최형규 · 표재환 · 김문희 지음
대국전판 / 312쪽 / 12,000원

당뇨병 백과
이현철 · 송영득 · 안철우 지음
4×6배판 변형 / 396쪽 / 16,000원

호흡기 클리닉 119
박성학 지음 / 신국판 / 256쪽 / 10,000원

키 쑥쑥 크는 롱다리 만들기
롱다리 성장클리닉 원장단 지음
4×6배판 변형 / 256쪽 / 11,000원

내 몸을 살리는 건강식품
백은희 · 조장호 · 최양진 지음
신국판 / 368쪽 / 11,000원

내 몸에 맞는 운동과 건강
하철수 지음 / 신국판 / 264쪽 / 11,000원

알기 쉬운 척추 질환 119
김수연 지음 / 신국판 변형 / 240쪽 / 11,0□□

베스트 닥터 박승정 교수팀의 심장병 예□
치료
박승정 외 5인 지음 / 신국판 / 264쪽 / 10,5□□

암 전이 재발을 막아주는 한방 신치료□
조영관 · 유화승 지음 / 신국판 / 308쪽 / □□

식탁 위의 위대한 혁명 사계절 웰빙 식□
김진돈 지음 / 신국판 / 284쪽 / 12,000원

우리 가족 건강을 위한 신종플루 대처법□
우준희 · 김태형 · 정진원 지음 / 신국판 변□□
172쪽 / 8,500원

스트레스가 내 몸을 살린다
대한불안의학회 스트레스관리특별위원회 지□
신국판 / 296쪽 / 13,000원

교육

우리 교육의 창조적 백색혁명
원상기 지음 / 신국판 / 206쪽 / 6,000원

현대생활과 체육
조창남 외 5명 공저 / 신국판 / 340쪽 / 10,000원

퍼펙트 MBA
IAE유학네트 지음 / 신국판 / 400쪽 / 12,000원

유학길라잡이 I -미국편
IAE유학네트 지음 / 4×6배판 / 372쪽 / 13,900원

유학길라잡이 II -4개국편
IAE유학네트 지음 / 4×6배판 / 348쪽 / 13,900원

조기유학길라잡이.com
IAE유학네트 지음 / 4×6배판 / 428쪽 / 15,000원

현대인의 건강생활
박상호 외 5명 공저 / 4×6배판 / 268쪽 / 15,000원

천재아이로 키우는 두뇌훈련
나카마츠 요시로 지음 / 민병수 옮김
신국판 / 288쪽 / 9,500원

두뇌혁명
나카마츠 요시로 지음 / 민병수 옮김
4×6판 양장본 / 288쪽 / 12,000원

테마별 고사성어로 익히는 한자
김경익 지음 / 4×6배판 변형 / 248쪽 / 9,800원

生生 공부비법
이은승 지음 / 대국전판 / 272쪽 / 9,500원

자녀를 성공시키는 습관만들기
배은경 지음 / 대국전판 / 232쪽 / 9,500원

한자능력검정시험 1급
한자능력검정시험연구위원회 편저
4×6배판 / 568쪽 / 21,000원

한자능력검정시험 2급
한자능력검정시험연구위원회 편저
4×6배판 / 472쪽 / 18,000원

한자능력검정시험 3급(3급II)
한자능력검정시험연구위원회 편
4×6배판 / 440쪽 / 17,000원

한자능력검정시험 4급(4급II)
한자능력검정시험연구위원회 편
4×6배판 / 352쪽 / 15,000원

한자능력검정시험 5급
한자능력검정시험연구위원회 편저
4×6배판 / 264쪽 / 11,000원

한자능력검정시험 6급
한자능력검정시험연구위원회 편저
4×6배판 / 168쪽 / 8,500원

한자능력검정시험 7급
한자능력검정시험연구위원회 편저
4×6배판 / 152쪽 / 7,000원

한자능력검정시험 8급
한자능력검정시험연구위원회 편저
4×6배판 / 112쪽 / 6,000원

볼링의 이론과 실기
이택상 지음 / 신국판 / 192쪽 / 9,000원

고사성어로 끝내는 천자문
조준상 글 · 그림 / 4×6배판 / 216쪽 / 12,000원

논술 종합 비타민
김종원 지음 / 신국판 / 200쪽 / 9,000원

내 아이 스타 만들기
김민성 지음 / 신국판 / 200쪽 / 9,000원

교육 1번지 강남 엄마들의 수험생 자녀 관리
황송주 지음 / 신국판 / 288쪽 / 9,500원

초등학생이 꼭 알아야 할 위대한 역사 상식
우진영 · 이양경 지음
4×6배판 변형 / 228쪽 / 9,500원

초등학생이 꼭 알아야 할 행복한 경제 상식
우진영 · 전선심 지음
4×6배판 변형 / 224쪽 / 9,500원

초등학생이 꼭 알아야 할 재미있는 과학상식
우진영 · 정경희 지음
4×6배판 변형 / 220쪽 / 9,500원

한자능력검정시험 3급 · 3급II
한자능력검정시험연구위원회 편저
4×6판 / 380쪽 / 7,500원

교과서 속에 폭폭 숨어있는 이색박물관
이신화 지음 / 대국전판 / 248쪽 / 12,000□

초등학생 독서 논술(저학년)
책마루 독서교육연구회 지음
4×6배판 변형 / 244쪽 / 14,000원

초등학생 독서 논술(고학년)
책마루 독서교육연구회 지음
4×6배판 변형 / 236쪽 / 14,000원

놀면서 배우는 경제
김솔 지음 / 대국전판 / 196쪽 / 10,000원

건강생활과 레저스포츠 즐기기
강선회 외 11명 공저 / 4×6배판 / 324쪽 / □

아이의 미래를 바꿔주는 좋은 습관
배은경 지음 / 신국판 / 216쪽 / 9,500원

다중지능 아이의 미래를 바꾼다
이소영 외 6인 지음 / 신국판 / 232쪽 / 1□

체육학 자연과학 및 사회과학 분야의 석 · □
위 논문, 학술진흥재단 등재지, 등재후보지□
련된 학회지 논문 작성법
하철수 · 김봉경 지음 / 신국판 / 336쪽 / □

공부가 제일 쉬운 공부 달인 되기
이은승 지음 / 신국판 / 256쪽 / 10,000원□

글로벌 리더가 되려면 영어부터 정복하□
서재희 지음 / 신국판 / 276쪽 / 11,500원□

중국현대30년사
정재일 지음 / 신국판 / 364쪽 / 20,000원□

생활호신술 및 성폭력의 유형과 예방
신현무 지음 / 신국판 / 228쪽 / 13,000원□

글로벌 리더가 되는 최강속독법
권혁천 지음 / 신국판 변형 / 336쪽 / 15,□

취미실용

김진국과 같이 배우는 와인의 세계
김진국 지음
국배판 변형 양장본(올컬러) / 208쪽 / 30,000원

배스낚시 테크닉
이종건 지음 / 4×6배판 / 440쪽 / 20,000원

나도 디지털 전문가 될 수 있다!!!
이승훈 지음 / 4×6배판 / 320쪽 / 19,200원

건강하고 아름다운 동양란 기르기
난마을 지음 / 4×6배판 변형 / 184쪽 / 12,000원

애완견114
황양원 엮음 / 4×6배판 변형 / 228쪽 / □

법정스님의 발자취가 남겨진
한국의 아름다운 산사 답사기

2018년 10월 30일 제1판 1쇄 발행

지은이 / 박성찬 · 최애정 · 이성준
펴낸이 / 강선희
펴낸곳 / 가림출판사

등록 / 1992. 10. 6. 제 4-191호
주소 / 서울시 광진구 영화사로 83-1 영진빌딩 5층
대표전화 / 02)458-6451 팩스 / 02)458-6450
홈페이지 / www.galim.co.kr
이메일 / galim@galim.co.kr

값 13,000원

ISBN 978-89-7895-414-3 13810

※ 이 도서는 《법정스님의 발자취가 남겨진 아름다운 산사》 제호를
변경한 도서입니다.